青春豬頭少年不會夢到懷夢美少女

鴨志田一
插畫 溝口ケージ

Kadokawa Fantastic Novels

少女描繪的夢想形式

1

這天，梓川咲太陷入人生最大的困境。

今年剩下一個月的十二月第一天。星期一。時間是晚上十點多。

住慣的兩房一廳公寓客廳，平常總是放鬆身心的空間，現在卻洋溢非比尋常的緊張感，劍拔弩張的空氣。

昨天才拿出來的暖桌明明已經通電，身體卻完全沒暖和。咲太很想乾脆躺平鑽進去，但狀況不允許。現在是連雙腿都不敢伸直的氣氛。即使沒人下令，咲太也跪坐在暖桌旁，平常縮著的背挺得筆直。

這麼做的原因，看室內就一目瞭然。

兩名女生和咲太一起圍坐在暖桌旁。

右手邊是和咲太就讀相同高中，大他一歲的學姊，叫作櫻島麻衣。從童星時代就在演藝圈活躍，當時就堪稱家喻戶曉、廣受歡迎的女星。現在一樣活躍於戲劇、廣告、電影等領域，也是咲太交往中的女友。美麗端正的臉蛋令人印象深刻，黑色長髮散發光澤非常美麗。大概是從電影片場直接過來，上妝的臉龐看起來比平常還要成熟。如果不是這種狀況，咲太想一直欣賞下去。他有自信可以欣賞兩三個小時都不會膩。

然而，現在可不能這麼做。

看向左手邊，自顧自地剝橘子的一名女性映入眼簾。以溫和表情動著雙手的她叫作牧之原翔子，咲太的初戀對象，年齡看起來大約是大學生。即使在這種狀況下，她依然一邊說「唔～～好酸」一邊幸福地將橘子送進嘴裡。神經也太大條了。這裡明明是咲太和妹妹住家的客廳，她卻沉穩得彷彿待在自己家。

咲太與麻衣的視線自然落在翔子身上。不知道翔子是否有察覺。

「啊，我去泡茶喔。」

她將最後一瓣橘子送進嘴裡，同時準備起身。

「我來……」

咲太原本想說「我來泡」。

「我來泡。」

但麻衣先說出這句話，迅速起身。

「不，我來……」

「你想想怎麼解釋吧。」

麻衣斷然這麼說，咲太無法堅持下去。

「是。不好意思。」

剛離地的屁股乖乖坐回去。要是在這時候貿然堅持，感覺會惹麻衣更不高興。

離開暖桌的麻衣以漂亮的走路姿勢快步繞到廚房吧台後方，然後一副早就熟悉男友家的樣子打開櫃子，取出茶壺、茶杯與茶罐，也沒忘記拿熱水壺燒水，還俐落地拿出托盤。

如果室內只有兩人，不知道該有多好。看著女友自由使用自家廚房的樣子，內心可以沉浸在滿滿的幸福裡吧。然而只有今天，咲太內心完全無法如此開心。

麻衣將茶葉倒進茶壺時，雙眼掃向流理台旁邊確認。從咲太的位置看不到，但麻衣的視線前方應該是瀝水籃，放在裡面的是咲太與翔子使用的兩人份餐具。

「不妙」的感覺在咲太全身奔馳。身體用力繃緊，額頭也隨著冒汗。

接著，麻衣蓋好茶罐，同時緩緩抬起視線，像是不經意地眺望客廳。視野捕捉到客廳深處時，她的表情似乎在瞬間變得嚴厲，大概是發現什麼不妙的東西吧。

如此心想的咲太也跟著看去，某個致命的東西映入眼簾。通往陽台的大落地窗，窗簾桿上掛著洗好的衣物。衣架上除了咲太的T恤與褲子，也掛著翔子的衣物。翔子的貼身衣物姑且是晾在隔壁的房間，但是男女衣物一起清洗晾曬是引發各種臆測的材料。

這麼一來，怎麼看都像是情侶同居的住家。

咲太和翔子當然不是這種關係，翔子只是初戀對象。咲太的女友是麻衣，而且內心只有麻衣一人。然而現場證據陳述的事實蘊含著輕易推翻這種話語的破壞力。

「啊，對了，麻衣小姐。」

如果麻衣繼續觀察室內會不太妙——如此心想的咲太反射性地搭話。

「什麼事？」

麻衣語氣冷漠，看都不看咲太一眼。

「電影拍完了？」

大約十天前，麻衣前往片場所在的金澤。昨晚打電話的時候，她說三天後才會回來。大概是為了突擊檢查的權宜之計吧。

「還沒拍完喔。」

麻衣果然不肯看這裡。

「待在這裡沒問題嗎？」

「到明天傍晚都沒排戲，所以我才回來一趟。原來咲太不高興啊。」

「我……我當然高興喔。」

咲太想以平常的語氣說話，卻過度在意必須維持平常語氣，反而說得很怪。

「看起來一點都不像。」

麻衣雙眼所見是散布在房間各處的同居痕跡……

「沒那回事喔。」

咲太隨口附和拖延時間，同時拚命思索如何解釋。但他還沒得出答案，麻衣就將茶壺與茶杯放在托盤，端到暖桌這裡。

麻衣按著裙襬，併攏雙腿高雅地坐下，熟練地依序在三個茶杯倒茶。首先是各倒三分之一，第二輪倒到半滿，第三輪倒到八分滿，然後說聲「請用」先把茶杯放在翔子面前。

「謝謝。」

翔子恭敬地接下。

「來，咲太也喝。」

「謝謝。」

咲太以為可能沒有自己的份，但是沒這回事。

「這個也請用。」

麻衣邀兩人享用的是從伴手禮袋子拿出來打開包裝的豆沙包。兔子造型很可愛。

「會讓人捨不得吃耶。」

翔子嘴裡這麼說，卻早早伸手去拿。

「這個，好好吃。」

她一邊吃一邊露出幸福的笑容。

咲太也拿起一個送進嘴裡。但是室內緊繃的氣氛妨礙味覺，吃不出什麼味道。

麻衣難得泡的茶，咲太趁熱拿起來喝。

熱茶下肚，不禁「呼」地吐出一口氣。

咲太慢慢將茶杯放回暖桌上。

「有件事很重要，所以我確認一下。」

麻衣像是等待這一刻已久地開口。她看向坐在正對面的翔子，眼中滿是質疑。

事到如今無須說明原因。翔子的存在本身就是疑問的聚合體。不只是咲太，麻衣也一樣，除了在場的「翔子」，兩人還認識另一個「牧之原翔子」。今年夏天遇見的國一女生，佇立在棄貓前方不知如何是好的女生。

現在，這個女生將這隻貓收編，取名為「疾風」。

從相似的外表來看會覺得是同一個人，但年齡完全不同。國一的小女生，以及年約大學生的大姊姊；長輩與晚輩。

咲太在夏天認識小小的翔子之後，大大的疑問一直占據腦海某處。無論要說什麼，得先搞清楚這一點才能開始。如麻衣所說，這件事很重要。非常重要……

「好的，要確認什麼事？」

翔子就這麼拿著茶杯和藹地回應。

「兩位是什麼時候開始同居的？」

「沒有同居！」

麻衣的問題和預料的不同，咲太立刻反駁。

「要說住在同一個屋簷下也行。」

「不是用詞的問題。而且啊，妳說的『重要事情』是這個？」

還以為麻衣首先想確認的是關於「翔子小姐」的各種問題。

「這是最重要的事情。」

「應該還有更重要的事情吧……」

看來咲太與麻衣認為的優先順序不一樣。

「所以，什麼時候開始的？」

麻衣再度詢問相同的問題，語氣平靜卻暗藏魄力。態度像是沒把咲太的插話放在眼裡。

咲太移開視線。

「那個……昨天……吧？」

總之先含糊回應。拐彎抹角打迷糊仗的這段期間或許想得出什麼妙計。咲太打著這種算盤。

「不是喔，咲太小弟，是從週四開始。」

然而，另一個當事人的這段發言使得咲太的微薄希望化為烏有。

四、五、六、日、一……翔子屈指計算。

「所以，今天是同居第五天。」

「就說不是同居了……」

咲太還是更正這一點。這麼做應該毫無意義，但他不得不說。

「要說『住在同一個屋簷下第五天』比較好嗎？」

「可以不要照慣例這樣接話嗎？」

咲太完全笑不出來。暴露在麻衣的冰冷視線下，只覺得愈來愈寒冷。

「一哏多用是搞笑的基本啊。」

不懂得察言觀色的翔子愉快地微笑。咲太已經不敢看麻衣了。

「不，可是，週四她只是順其自然住進來，正式住進來是週五開始。」

咲太自己都想問自己在說什麼。事到如今，少算一晚也毫無意義。看來人類這種生物，即使明知沒用依然會浪費力氣掙扎。

「週四的話……也就是小楓回復記憶那天？」

「咦？啊，是的。」

咲太的妹妹花楓兩年前因為遭受霸凌而罹患解離性障礙，失去病發之前的記憶。不，是封閉

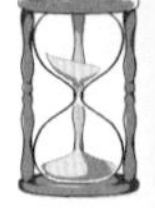

在殼裡保護自己，以免被內心的負擔傷害。這段期間，「花楓」成為「楓」，在這個家和咲太一起生活。

妹妹是在上週四復原的。解離性障礙治好之後，「花楓」的記憶與人格回來了，代價是失去「楓」的記憶與人格……

「這樣啊……」

麻衣輕聲說了，語氣隱含某種情感。感覺這是麻衣現在真正的心情，咲太卻無法順利解讀。麻衣像是在思念已經消失的「楓」，不過看她微低著頭的表情，似乎也混雜其他情感。只是咲太不知道這份情感的真面目。

「那個，請不要對咲太小弟發脾氣。」

麻衣沉默下來，相對的，這次是翔子開口。

「不是咲太小弟的錯。是我無處可去，才開口要求住進來。」

「那麼，今天起請住我家。」

麻衣只揚起視線，不改臉上的表情平淡回應。

「請不用擔心。我們完全沒做見不得人的事。」

「沒人能保證今後也不會。」

麻衣繼續以公事公辦的態度應對。

「但我認為，如果咲太小弟和妳交往得很滿意，他就絕對不會有非分之想吧？」

翔子即使面對這樣的麻衣，依然不改自己的態度。明明應該很識相，卻總是講得非常不懂察言觀色。不知道是否多心，她看起來甚至像是藉此享受現狀。大概不是多心。翔子的話語明顯帶著挑釁的語氣，漂亮飾演一個神經大條的第三者。但咲太完全不知道她為何這麼做……

夾在中間的咲太只覺得胃愈來愈痛。

「我讓他很滿意。」

麻衣的音量稍微變小，視線也往下，看向暖桌上的橘子。

「咲太小弟，是嗎？」

在這種最差的時機將話鋒轉向的人，當然是翔子。不，正因為是這個時機，她才將話鋒轉向咲太吧。咲太認識的「翔子小姐」就是有這種惡作劇心態的大姊姊。不過只有這次沒辦法只當成惡作劇帶過……

而且，翔子像在落井下石，在暖桌裡將手放在咲太大腿上。

「怎麼樣？」

她來回撫摸。

「唔喔！」

背脊發毛，咲太不禁叫出聲。

「……」

麻衣投以疑惑的視線，但她大概很快就察覺是什麼事，也將手伸進暖桌。

「咿！」

咲太之所以怪叫，是因為另一邊的大腿被捏了。

「你很滿意吧？」

麻衣冷漠地詢問。

「是的，那當然。」

「既然這樣，我就算住在這裡也完全不用擔心，也沒有任何問題吧？」

翔子面不改色地掌握對話的主導權。看來這都是引誘咲太與麻衣這麼說的陷阱。

「這……」

麻衣欲言又止。雖然視線沒從翔子身上移開，卻看得出她在為難。咲太或許是第一次看到麻衣被如此漂亮地駁倒。操控對方掌握主導權，明明是麻衣擅長的領域。

「總……總之，不行就是不行。」

麻衣難得說出不顧理性的情緒性話語。看來她面對翔子會抓不到平常的步調。

「沒問題就是沒問題。」

「不行。」

「而且，就算發生什麼事也沒問題。」

翔子惡作劇地笑。

「有什麼根據？」

「因為，我喜歡咲太小弟。」

「噗～～！」

咲太一口氣噴出嘴裡的茶，劇烈咳嗽。

「真是的，很髒耶。」

翔子拿面紙擦暖桌，同時溫柔撫摸咲太的背。

麻衣的視線刺向咲太，莫名冷漠又平靜的視線。不是單純的煩躁或憤怒，難以判斷她在想什麼，只感覺到其中隱藏某種強烈的情感，毫不留情地壓毀咲太的心。這或許是麻衣真正生氣時的樣子。咲太想到這裡就心驚膽寒。

「等……等一下，暫停。」

咲太受不了這種壓力，鑽出暖桌，毫不猶豫地打市話求救。他在兩人開口之前就拿起話筒撥號。

撥打的是少數朋友之一——雙葉理央的電話號碼。輸入背得滾瓜爛熟的十一位數字，鈴響三聲就接通了。

『什麼事？』

簡短的反應。感覺完全是理央的作風，咲太安心了。

「Please help me！」

『您哪位？』

「我是梓川。」

『我知道。』

「既然這樣，為什麼要問？」

『所以，有什麼事？』

「其實，我和翔子小姐重逢了。」

『外遇諮商？』

理央這番話聽起來不像是開玩笑，咲太姑且當作沒聽到。

「現在，這位翔子小姐在我家。」

『那麼，我只要傳簡訊將這個事實告訴櫻島學姊就好吧？』

「麻衣小姐現在也在我家。」

咲太正確告知現狀之後，電話默默終止通話。不對，是被掛斷的。

「……」

總之，重撥一次。

『什麼事？』

理央發出由衷嫌煩的聲音。

「為什麼要掛斷？」

『內心的基地台訊號突然變差。』

「那是怎樣？真有趣。」

『我是委婉請你不要把我捲進這種恐怖的愛情戰場。』

「我就覺得應該是這麼回事。」

如果朋友打這種電話過來，咲太也會想掛斷。應該說，一定會掛斷。

「總之，快救我。」

『不要。』

「妳這樣還算是朋友嗎？」

『如果把我當朋友，拜託真的不要找我商量這種三角習題。』

「我現在去接妳，先過來列席吧。」

『你不用過來。』

「夜這麼深，不用客氣啦。」

『我的意思是我不想列席。』

「這部分麻煩通融一下。」

『唉……』

深深的嘆息。只像是故意嘆給咲太聽的深深嘆息。

『知道了。我媽正要開車去成田，我會請她送我到你家。』

「真的很感謝妳的幫忙。」

『話說在前面，我陪你商量的是翔子小姐的……思春期症候群的事。你劈腿跟我無關。』

「……這部分，我會妥善處理。」

『那麼，晚點見。』

咲太等電話掛斷之後放下話筒，輕輕吐一口氣，然後轉身回到酷寒的暖桌。

理央約二十分鐘之後抵達。

「我還是回去好了，可以嗎？」

她一看到客廳的狀況就毫不掩飾地說出真心話。

咲太推著理央，讓她加入成為圍坐暖桌的一分子。對理央來說，這是她第一次和大翔子打照面。

「感覺確實像是翔子小妹長大的樣子。」

「感謝您不惜辛勞特地跑這一趟。」

翔子向理央低頭致意。

「既然雙葉也來了，翔子小姐，您差不多該說明一下了。」

「翔子小姐」究竟是什麼人？和「牧之原小妹」是什麼關係……從夏天一直藏在心裡的疑問

終於即將獲得解答。

「看來大限已到了。」

翔子端正姿勢，似乎認命了。

「其實，我……」

她一臉正經地注視咲太、麻衣與理央，停頓片刻。

「有時候會變大。」

接著，她正經地說了。

「……」

「……」

「……」

咲太、麻衣與理央的沉默重疊。氣氛隱約變冷了。對於翔子的驚爆發言，三人沒有明顯的驚訝或疑惑，心情上比較偏向於「果然如此」。
「我啊，有時候會變大。」
大概是沒得到預料中的反應，翔子重複剛才的話。
「……」
還是沒有任何人開口。
「呃，你們有在聽嗎？」
「有。」
咲太不得已只好回應。
「懂嗎？」
「懂。」
這次是理央點頭。
「也有這種思春期症候群啊……」
麻衣輕聲說了。
「請各位再驚訝一點，不然賣關子到現在的我會很尷尬……」
翔子不滿般噘嘴。
「變成這樣的原因，妳心裡有底嗎？」

咲太不以為意，藉由提問推動話題。

「我會很尷尬……」

雖然翔子變得溫順，但不能在這時讓步。今天一定要讓翔子一五一十說清楚，不然很麻煩。

「明明不是天大的事情卻一拖再拖，所以是翔子小姐的錯。」

「但我覺得『有時候會變大』是天大的事情耶……」

「果然和疾病有關嗎？」

咲太假裝沒聽到翔子的主張，繼續追問。若是鬆懈就有錯開話題的危險。

「應該吧。」

翔子率直地回答，看向麻衣與理央。兩人也察覺她的用意，以眼神回應「關於妳的疾病，我們都聽說過了」。

翔子罹患嚴重的心臟病。醫生診斷如果沒接受移植手術，不知道是否能從國中畢業。國一學生面對這種殘酷的事實不可能毫無想法，不可能毫無煩惱。即使每當旭日東昇就感覺自己所剩的時間減少，導致內心放聲哀號也不奇怪。若是有人說這種狀況引發思春期症候群，聽到的人也會認為「想必會如此吧」而坦率接受。

翔子罹患攸關生命的疾病，她的現狀具備不容分說的說服力。

「對我來說，這一直是夢想。」

翔子從桌面拿起一顆橘子，沒有剝開，而是不經意用雙手手心滾動。

「長大成人是我的夢想。」

翔子繼續說：

「醫生說我可能很難從國中畢業……我確實理解之後，一直有這個夢想。想成為高中生，想成為大學生，想變成大人。」

她以雙手包覆橘子，像是將橘子當成非常珍貴的寶物。

「所以，位於這裡的我應該是年幼的我自認無法成為高中生、成為大學生，也無法變成大人，才在內心描繪的夢想的模樣。」

咲太、麻衣與理央都暫時不發一語，彷彿在細細咀嚼翔子這番話。在這樣的沉默中，首先開口的是咲太。

「方便問一個問題嗎？」

「好的，請問。」

「剛才那番話，我非常能夠接受，可是……」

咲太愈說愈含糊，朝翔子投以質疑的目光。

「嗯？」

「我覺得『翔子小姐』與『牧之原小妹』的個性不一樣。」

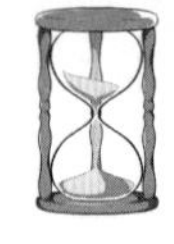

「是嗎？」

「『翔子小姐』臉皮厚多了。」

相對的，小翔子是率直、謙虛，非常乖巧的孩子，感覺膽子沒有大到敢捉弄麻衣。

「臉皮厚……和三個女生坐同一張暖桌的咲太小弟沒資格這麼說。」

「我就是在說妳這一點。」

「要抱怨請找年幼的我抱怨。位於這裡的我應該是年幼的我內心所描繪，將來想要成為的理想中的自己。」

「那個，關於『翔子小妹』……」

理央插嘴說了。

「她不知道自己有時候會變大。我這樣理解沒問題嗎？」

聽起來像是發問，也像是抱持確信再確認，有種為求謹慎的感覺。咲太也知道理央為什麼這樣問。

咲太兩年前也見過長大的翔子。然而，今年夏天認識的國一翔子不記得咲太，當時的問候語是「初次見面」。

而且，以國一翔子率直無法隱瞞事情的個性，如果自覺有時候會變大，肯定很快就會表現在態度上……

「上次變大的時候，妳是怎麼應對的？」

「什麼都沒做喔。」

「啊？」

「因為回過神來就復原了。」

「家人那邊怎麼樣？持續好幾天的話，應該會擔心吧？」

無論翔子躲在哪裡，既然罹患重病的女兒失蹤，家人應該當天就會報警找人了吧。而且以這次的狀況，她在咲太家已經住了五天，就算警察開始找人也不奇怪。

「啊，這部分沒問題。」

翔子莫名果斷地回答。

「有什麼根據？」

「剛才我說自己有時候會變大，這句話有點語病。我變大的這段時間，年幼的我似乎依然存在於這個世界。」

「我好像在哪裡聽過類似的狀況。」

咲太看向坐在正前方的理央。同一個人增加為兩人。咲太以前目睹過這種現象，理央發作的思春期症候群就是如此。不過在那個時候，並沒有其中一人長大……

「我沒見過年幼的我，不過這方面我也很在意，所以今天白天有回家看看。當時媽媽剛好從

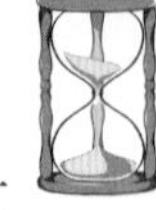

玄關走出來，我就跟蹤她一段時間……發現她去的是我看診的醫院。我想年幼的我應該在住院，所以咲太小弟打電話來也沒辦法接。」

「原來如此……」

實際上即使咲太打電話，小翔子也沒接，到現在也沒回電。既然在住院，這也在所難免吧。

「那麼，總之暫且有個結論了。」

「是啊。」

如果這裡的翔子是小翔子夢想的未來的自己，那麼只要找那個小翔子問問，或許找得到解決的頭緒。

「無論如何，也得去看看花楓。明天去看她吧。」

翔子看診的醫院也是妹妹花楓住的醫院。

此時，理央默默起身。

「要上廁所？」

「不是。我要回去。」

「為什麼？」

「既然已經談妥，那應該就不需要我了吧？」

「今天住下來吧。」

「梓川……」

「幹嘛？」

「你好噁心。」

「妳這傢伙，想把我扔在這種狀況不管？妳還是不是人啊？」

「花心的你才不是人吧？」

聽她這麼一說，咲太無從反駁。

「雙葉學妹，不好意思，我也要拜託妳。」

說來意外，對咲太伸出援手的是麻衣。眾人聆聽翔子說明時，她一直不發一語，所以總覺得好久沒聽到她的聲音了。

「今天我也要在這裡過夜，所以妳也一起吧。」

「……」

大概是沒想到連麻衣都這麼要求，理央難得愣住了。與其說是拜託的內容嚇到她，比較像是拜託的行為本身嚇到她。

「既然櫻島學姊這麼說，那好吧。」

理央毫不抗拒地坐回暖桌。

「麻衣小姐拜託的話，妳就會答應啊。」

「你的拜託，我已經聽膩了。」

「我這個人必須靠別人伸出援手才活得下去。今後也拜託了。」

這次是旁邊的麻衣從暖桌起身。

「我回家一趟，洗澡換衣服再過來。」

咲太還沒問，麻衣就逕自這麼說。

「啊，我送妳。」

「不用了啦，那麼近。」

這句話是真的。麻衣住在正對面的住宅。

「翔子小姐、雙葉，不好意思，我出去一下。」

「好的，知道了。」

兩人走到玄關。

「就說了，不用送啦。」

麻衣再度這麼說。

「請給我解釋的機會。」

「……」

麻衣默默走出玄關。既然沒拒絕，就當成是接受了吧。咲太連忙穿上鞋追過去。咲太在麻衣等電梯的時候追上，站在她身旁。忽亮忽滅的燈號顯示一樓。「慢慢來沒關係喔。」咲太送出這種意念。

「那個，麻衣小姐……」

總之，咲太開口了。

「咲太。」

麻衣簡短的聲音打斷他。那是清亮的聲音。

「什麼事？」

「對不起。」

麻衣突然道歉。

「咦？」

咲太不明就裡，毫不掩飾地發出疑問的聲音。現在得道歉的人是咲太，為什麼是麻衣說「對不起」？咲太大腦空白，一頭霧水。

「小楓發生那種事，你明明處於最辛苦的時期……抱歉我沒能陪在你身邊。」

「……」

心不在焉地看著電梯燈號的麻衣臉龐莫名落寞，似乎隨時會哭出來，所以咲太的身體自然傾向麻衣，想緊緊抱住她。

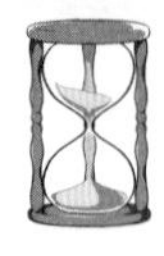

然而麻衣退後一步，因此咲太撲了個空。好丟臉。

「這種事暫時不行。」

麻衣出言拒絕，甚至不和咲太四目相對。

咲太還沒想到該如何回應，電梯就響起鈴聲抵達了。

「到這裡就好。」

麻衣獨自進電梯。

「……麻衣小姐，對不起。」

關門之前，咲太只說得出這句話。

「我和你交往，並不是為了聽你說這種話。」

電梯門關上，麻衣的身影朝樓下消失。

這段短暫的交談究竟有幾根話語之箭插中了胸口？麻衣說得一點都沒錯，咲太並不是為了道歉才和麻衣交往。

「……」

已經連反省的話都找不到了。

2

隔天放學後，咲太在從學校返家的電車上。從七里濱站上車，開往藤澤的電車。

「海好大啊……」

受到冬季的溫暖陽光照耀，反射淡淡光輝的遼闊大海；淺藍色的天空。分隔的水平線凸顯兩者的對比。

從面對相模灣的藤澤開往鎌倉沿海的單線在地電車路線，是咲太每天欣賞的絕景。

在放學時間，經常和觀光客一起搭車。最近來自國外的遊客增加，說得一口流利英語的金髮帥哥喊著「Amazing！」興奮地按下相機快門。

「海真的好大啊……」

即使如此極致的景色當前，咲太的心情也掉到了谷底。

「不要故意講給別人聽，藉此逃避現實。」

如此回應的是和咲太隔著車門站著的理央。她一上車就一直低頭看書。

「可以對消沉的朋友好一點嗎？」

「已經很好了。畢竟還暫停社團活動陪你去醫院。」

語氣一副嫌煩的樣子，而且還繼續看書。

「說起來，花心的人是你，你這個罪犯消沉根本沒天理吧？」

「可以稍微手下留情嗎？」

這論點太中肯，刺得耳朵好痛。理央說的一點都沒錯，毫無反駁的餘地。話是這麼說，但就算被要求平心以對還是很難。昨晚麻衣的拒絕頗為強烈，咲太沒心情悠哉地面對。

以前也曾經惹麻衣生氣，但完全比不上這次。現在回想起來，以前的激怒頂多只是害她不太高興的程度。

「請把我現在這副模樣當成反省的表現。」

「我認為你要求我理解之前，今天早上應該好好早起送櫻島學姊出門，展現這種程度的誠意比較好。」

「……」

理央又戳到痛處了。

「起床發現她已經出門……我認為這樣不太妙。」

如理央所說，咲太今天早上醒來時，麻衣已經出發前往片場所在地金澤。

桌上留著字條，上頭只簡短寫著這句制式留言。

——先出門了。

如果是平常的麻衣，即使出發時間是清晨也會硬是叫醒咲太，要他送行吧。不只如此，肯定還會惡作劇地說出「咲太應該想來個臨別之吻，我才叫你起來的」這種話。

這張短籤和以往開心的互動呈現對比，使得咲太感覺背脊發涼。只覺得過了一晚之後，狀況不只沒改善還惡化了。

「而且，你是被翔子小姐溫柔地叫醒，我無從袒護也不想安慰這樣的你。」

「……我昨晚滿腦子都在想麻衣小姐的事，完全睡不著。」

咲太當然想送行。不過在這種狀況下，「原本想送行」這種念頭毫無意義……好不容易入睡時，應該已經是凌晨了。麻衣肯定是在他入睡那時候起床前往金澤的吧。

「想解釋就向櫻島學姊解釋吧？」

「……」

理央真的說得很對。她只會說對的事。正因如此，所以無法回嘴，咲太便看向車內。映入眼簾的是江之島附近某間水族館主打水母燈光秀的吊牌廣告。看來是配合聖誕節舉辦的活動。

「即使是翔子小姐住進來的這件事，依照狀況也有酌情考量的餘地吧？畢竟剛發生小楓的事情……關於這部分，櫻島學姊應該也會體諒。」

「不能拿楓的事當藉口。」

咲太的妹妹花楓兩年前在國中遭到霸凌，罹患解離性障礙。受到症狀影響的花楓封鎖自己的記憶與人格，以另一個人格「楓」和咲太共度了這兩年。

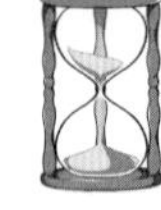

解離性障礙的症狀在上週大幅改善，「花楓」回來了。同時，這也等於要和「楓」的記憶與人格道別。兩年來累積至今的理所當然的歲月。咲太知道，曾經是理所當然的每一天再也不會回來了，明白這樣的日子再也回不來了。因為這是妹妹解離性障礙痊癒的結果，是「楓」竭盡所能努力到最後抵達的現在……

然而即使正確，失落感也無法輕易被填補，這也不是立刻就能接受的事實。

內心必然會哀號。這份心痛成為引子，思春期症候群在咲太胸前留下的傷痕再度裂開，紅黑色血漿黏稠附著的觸感甚至還留在手掌。真的很痛，心好痛，就只是感到悲傷。

當時如果沒有翔子扶持，咲太不知道自己會變成什麼樣子，或許現在也無法樂觀面對花楓回來的事實，或許胸前暫時停止出血的傷口依然會生痛。咲太內心就是開了一個這麼大的洞。

然而，咲太還是認為這不能當成這次事件的藉口。「不能如此」與「不願如此」的心情比較強烈。

「總之，至少先趕快和好吧。」

「妳認為該怎麼做？」

「找我商量也沒用，我只是嫌麻煩，所以要你趕快跟學姊和好。」

「可以的話，我也想得到原諒。」

然而，該怎麼做才能回復以往的關係？咲太完全沒有頭緒。

他看向理央求救，但理央依然專注地看書。

「那本，好看嗎？」

「好看啊。」

理央稍微拿起書讓咲太看封面。書名是《超弦理論的論理解讀》。不知道是自認文字遊戲玩得漂亮還是偶然變成這樣，但這個書名有點耍冷。

「『超弦理論』是將來讓麻衣小姐養我的理論嗎？」

「那只是普通的『小白臉理論』。」（註：「弦」與「小白臉」日文同音）

「也不算是理論吧？」

「要是你不好好工作，真的會被拋棄喔。」

「我會工作啦。」

「或許在這之前就早早被甩了。」

「不准烏鴉嘴。」

「……」

「也拜託別在這時候不講話。」

「你故意想問自己可能被拋棄的原因？」

「……免了。我有自覺。」

情。

「那我就不說了，不過……」

理央講得話中有話，賣關子似的從書上揚起視線，注視咲太的雙眼，一臉等待咲太反問的表情。

「不過什麼？」

理央的說法實在令他在意。

「梓川，你大概誤會了。」

「啊？」

「……」

理央沒回答。電車抵達終點藤澤站，所以她闔起書，下車前往月臺。咲太也立刻追上去和她並肩同行，但是在通往驗票閘口的人潮中不方便繼續聊下去。

「梓川，你不懂女人心。」

理央只給了像是提示的這句話。

「女人心啊……是沒錯啦，畢竟我是男的……」

前往醫院的路上，咲太試著思考什麼是女人心。但是到最後，他抵達醫院時依然不懂理央所說「誤會」的意思。

翔子擅自住進咲太家，麻衣很生氣。原因很明確，狀況也非常單純才對。咲太找不出其中有什麼誤會。

「……一丁都不懂吶。」

既然抵達目的地醫院，就不能老是想事情。這個「誤會」暫時當成回家作業吧。

咲太和理央來到醫院是為了見翔子。

先到綜合櫃檯確認病房。

最近基於安全或隱私問題，院方不能凡事都詳細告知。但因為這裡是花楓住的醫院，因此咲太說了「我們認識」就順利問到了。

「是301號房。」

咲太告訴在身後等待的理央。

「她真的在住院耶。」

兩人在導覽板確認大致的位置。

「是啊。」

大翔子說的沒錯。

兩人搭電梯到三樓。來到走廊，感受到住院大樓特有的寧靜。感覺時間流動的速度比門診大樓緩慢。

走廊最深處是301號房。
房外的門牌確實以工整字體寫著「牧之原翔子」。
總之，先敲兩次門。
「是，請進。」
隔著門傳來的是翔子熟悉的聲音。小翔子的聲音。
「那就打擾了。」
咲太打開沒什麼聲音的拉門。
病房是個人房，坐北朝南採光良好的房間。
正中央擺著病床，翔子坐在床上。
只是她似乎正在換衣服，睡褲拉到一半，雙腿頻頻擺動。幾乎沒曬太陽的雪白大腿好耀眼。
翔子稍微撐起下半身，順勢小露純白的內褲。
「媽，今天比平常早了點……呃，咦？」
翔子眨了眨眼睛，身體瞬間僵住。
「咲太先生？」
「是我咲太先生沒錯。」
接著，看得出來翔子深吸一口氣。

咲太見狀，暫時和理央一起離開房間，迅速關上門。

「呀啊啊啊啊啊！」

下一秒，室內傳出尖叫聲。

「……」

感覺旁邊有道責難的視線。理央的雙眼是責備變態的眼神。

「我有敲門，而且是聽到回應才開門吧？」

應該可以主張自己無罪。

「被你看見裸體，如果是我，肯定是一輩子的心理創傷。」

「慢著，她上半身睡衣穿得好好的吧？」

「下半身呢？」

「記得正在拉褲子。」

「內褲是什麼顏色？」

「我要是回答，妳會臭罵我吧？」

「那一瞬間就看得這麼仔細，梓川不愧是豬頭少年。我全身都發毛了。」

就算沒回答也被臭罵了。

「請……請進……」

門稍微開啟，穿好睡衣的翔子露臉。

「那……那個，對不起，害各位見笑了。」

邀咲太與理央進入病房的她滿臉通紅。

翔子坐在床上，咲太與理央各自拿來圓凳、打開折疊椅，坐在床邊。

「突然跑來，我們才要道歉。」

「啊，不，該尖叫的人應該是咲太先生才對。真的很抱歉。所……所以，今天您怎麼會突然來了？」

翔子筆直看向咲太，從她的表情看得出緊張。是做了虧心事的反應。

「我打電話想問妳要不要再帶疾風來玩，但是沒聯絡上……想說妳可能住院了。」

「對……對不起。手機就這麼放在家裡……」

翔子一邊說一邊將手伸向枕邊的手機，想要藏到背後。

咲太不經意看向身旁的理央，理央微微點頭回應。視線溝通成功。理央從書包取出自己的手機，操作幾次。

接著，病房響起來電鈴聲。

「哇！哇！」

翔子連忙操作藏在身後的手機，關閉鈴聲。

「那個……對不起，我說謊了。」

「要是接我的電話，住院的事情會穿幫害我擔心──妳是這麼想的嗎？」

「嗚，是的……」

「好歹讓我擔心一下吧，不然我可能會被無力感壓垮。」

咲太雖然是半開玩笑的語氣，但這番話是真的。既然對病情幫不上忙，至少也要讓他擔心一下。

「對……對不起。」

「不，我不原諒妳。」

「咦咦？」

「在這種時候，任性地提幾個要求當賠禮，梓川會比較高興喔。」

理央對為難的翔子這麼說。

「雙葉，妳講得真好。」

「是……是這樣嗎？那個，可是……」

「有什麼要求嗎？」

聽到咲太催促，翔子大概終於下定決心了。

「既……既然這樣，希望咲太先生還會來看我。偶爾過來就好。」

她有些客氣地說。

「不要。」

「明明是咲太先生要我說的！」

「因為很麻煩，我要每天都過來。」

「啊？」

翔子詫異地睜大雙眼。

「妳說『偶爾』，但我不知道應該多久來一次。」

「好的，謝謝！」

「啊，不過，放學直接去打工的時候可能不太行。」

聊著聊著，咲太不經意察覺一旁的視線。是理央的視線。咲太轉頭一看，等待他的是比平常更冷漠的眼神。

「妳這是什麼眼神？」

「只是看到你光明正大追求翔子小妹，覺得倒胃。」

「我被追求了？難怪我覺得臉紅心跳。」

「不，我並沒有追求妳。」

「真遺憾……」

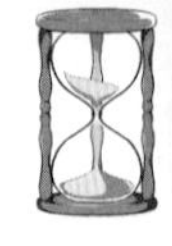

「翔子小姐」的存在已經激起漣漪，要是連小翔子都參戰就慘不忍睹了。

「那個，咲太先生……」

「嗯？」

「方便讓我耍任性的時候順便商量一件事嗎？」

「好啊。」

翔子等咲太回應之後，朝邊桌伸出手，從塞滿桌面的課本上拿起一張紙。

「就是這個。」

她打開對摺的紙給咲太與理央看。

最上面以文書軟體的字體印著「未來規劃」，姓名欄位以工整的筆跡寫上「四年一班　牧之原翔子」。

「這是……」

「國小四年級上課的時候寫的。」

「這麼說來，我以前也寫過這種東西。」

以年表形式自己寫下將來的計畫。希望能成為規劃未來的一個契機……校方應該是基於這個意義進行這項課程。

咲太完全不記得當時寫了什麼，反正沒想得太艱深吧。就讀附近的國中，畢業之後就讀附近的高中，然後忽然就進入日本第一的大學，畢業之後成為總理大臣賺大錢……應該是寫這樣的內容。小學時代，說到大學只知道那一所，說到偉人就是總理大臣，再來就是認為有錢是好事。

即使咲太沒這麼寫，班上肯定會有男生寫類似的計畫。

當時就是如此純真，對於填滿未來年表毫不抗拒，沒有不安或恐懼。對咲太來說，這是半抱持著玩樂心態上的課……

然而，現在映入眼簾的這張未來規劃不一樣。幾乎是空白的。雖然刻度從剛出生標示到八十歲，卻只有前五分之一左右有寫。寫到就讀高中然後畢業就停了，接下來全部空白。隱含沉重意義的空白占據版面。

不用確認也知道，空白的原因和疾病有關。翔子出生就罹患心臟病，醫生說過她不一定能從國中畢業，她就這樣活到了今天。

「……」

正因如此，咲太沒能立刻想到該說什麼。

上課的同學天真地討論未來。在這樣的教室裡，翔子究竟是以何種心情面對這張紙？光是想像就覺得揪心，承受到無從宣洩的心情。

「我想寫好多事。」

翔子輕聲開口。

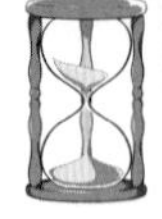

「長大成人之後想做的事，以及變成大人這件事……想和大家一樣長大成人，讓爸爸媽媽看見長大的我……」

「嗯。」

「可是，我上課時完全寫不出來。因為只要我一講到將來的事，就會害周圍的大人為難。」

「……」

「啊～～我不能講這種事——我讀小學沒多久就知道了。」

「『這種事』？」

「一年級的時候，我說『長大之後想到花店工作』，班導就按著嘴角，講話哽咽……氣氛變得很奇怪……」

這位班導應該也沒有惡意，反倒是把翔子當成家人看待吧。正因如此，班導深入理解翔子的病，被翔子的話導致控制不了情緒。

「我想要是我寫滿這張紙又會害老師為難，所以完全寫不下去……後來老師說我可以慢慢寫，讓我帶回來當作業。」

「妳一直留著？」

既然這張紙在這裡，就代表這個作業還沒寫完。

「我放在抽屜，希望將來能寫完。」

或許是希望能盡情寫下未來的那一天可以來臨，才會將這張紙收起來吧。

「我經常拿出來看……不過，果然寫不下去。我就這麼留下這個作業從小學畢業。」

之所以還留著，大概是因為翔子到現在也有「還沒完成……」的心情吧，也可能是知道寫完這張紙就能跨越某種障礙。感覺這兩者都是正確答案。雖然這麼想，但咲太怎麼也無法斷言自己能體會重病的翔子的心情。這種事應該只有當事人能理解。

「無論如何，我都沒辦法把『國中畢業』寫上去。可是……」

翔子以為難的語氣說完，低頭看向那張紙。聽到這番話的咲太與理央臉上同時浮現疑問。翔子這番話和紙上的內容不一致。

「嗯？那麼，這個是？」

咲太指向紙上某個部分。

——國中畢業。

——就讀看得到海的高中！（最好是峰原高中！）

——遇見真命天子。

——健康地從高中畢業！

上面是這麼寫的。

「我想商量的就是這個。」

「這個啊……」

「我並沒有寫。」

「……」

總覺得話題朝意料之外的方向進展。

「『沒有寫』的意思是……」

「我沒寫。這不是我寫的。」

既然這樣，那是誰寫的？有點靈異。

不過，即使聽到這種話，咲太腦中也浮現一個可能性。就是另一個翔子，年長的翔子，翔子小姐。

坐在旁邊的理央對此似乎也有些想法。晚點再慢慢聽她的見解吧。依照剛剛對話的感覺，小翔子恐怕不知道大翔子的存在。既然這樣，是否要在這時候提到「翔子小姐」，還是慎重判斷比較好。小翔子已經有「疾病」這個大煩惱，要是連思春期症候群都壓在她身上，可不是能夠樂見的結果。

「那個，牧之原小妹……」

「嗯？」

「這是妳當時想寫的願望嗎？」

咲太指向紙上從國中畢業到成為高中生的項目。翔子說不是她寫的。

「不太一樣。」

「意思是？」

「比較像是我現在想寫的願望。」

「原來如此。那麼如果是現在，妳接下來會怎麼寫？」

「呃，那個……」

「這或許會成為解謎的關鍵，而且說給我跟雙葉聽沒問題的。」

咲太往旁邊一瞥，理央似乎不滿他擅自說沒問題，卻沒有要糾正的意思。證據就是理央沒有插嘴。

「既然咲太先生這麼說……首先，我想上大學。」

翔子像是在確認自己的心情般低語。

「要是能交到出色的男友就好了。」

翔子害羞地移開視線。

「等到感情培養起來，就住在一起。」

「學生時代就同居？」

「是的。要是可以就這樣結婚是最棒的。」

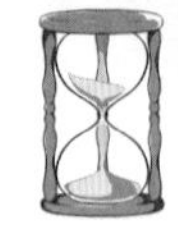

「……妳的人生挺積極的耶。」

「我爸爸媽媽就是在學生時代結婚的喔。所以我一直認為這樣很正常。」

翔子曖昧地笑了，表示她知道這種事在現代很稀奇。

咲太一直覺得翔子的父母很年輕，沒想到這麼早就結為連理。或許懷了翔子是兩人決定結婚的契機。

咲太思考這種事時，房間響起敲門聲。

「啊，請進。」

開門入內的是護士阿姨，翔子的母親也在。咲太鞠躬致意。由於送養貓咪疾風的時候打過招呼，所以咲太認識翔子的父母。

「翔子小姐，檢查時間到了。」

「知道了。那個，咲太先生……」

「我會再來，後續就等下次吧。」

「好的，我會等您來！」

在翔子面帶笑容目送之下，咲太與理央先離開病房，並肩走向電梯。

「妳認為呢？」

咲太是在問未來規劃被人補寫這件事。

「可能性最高的，應該是翔子小妹自己寫了卻忘記了吧？」

「依照常理是這樣沒錯。」

「畢竟筆跡一樣，看起來也不像是後來才寫的。」

咲太在這方面的看法相同。他看不出鉛筆字的差異，字的濃淡與粗細應該也一致。如果是不同日子寫的，由於鉛筆磨損程度不同，應該會稍微有所差距。

「以非常理的方向解釋，這是『翔子小姐』寫的。」

「如果是這樣，她為什麼要這麼做？」

「大概是惡作劇吧？」

理央的語氣聽來有些自暴自棄，證明她不相信自己這番話。

「以翔子小姐的個性來說有可能，所以我笑不出來。」

不過，做這種事只會招致混亂。實際上，小翔子就感到困惑。為難自己是想做什麼？咲太搞不懂意思。

「不過，算是有收穫就是了。」

「是啊。」

「以目前的情報，若要定義『翔子小姐』的存在，她的出現應該是為了實行『翔子小妹』那

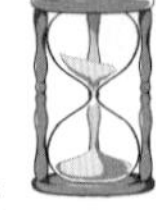

天沒寫下的未來規劃。」

「或者是以翔子小姐的身分先體驗不知道是否會來臨的未來。」

「也就是說，結果正如『翔子小姐』所說。」

——所以，位於這裡的我應該是年幼的我自認無法成為高中生、成為大學生，也無法變成大人，才在內心描繪的夢想的模樣。

明明只聽過一次卻清晰地留在耳中。強烈、切實、純粹的想法，要說這是願望也行。翔子的這份心情緊揪住咲太胸口中心。

電梯抵達，兩人進電梯之後默默到一樓。

沿著剛才的走廊往回走。

這段時間，咲太在思考翔子的病。咲太自認知道這是難治之症，自認理解這一點，但今天重新聽翔子親口提到她對這個病的心情，無從宣洩的情緒就化為陰霾堆積在心頭。

翔子活得那麼率直又樂觀，咲太很想幫忙。但咲太無法治癒翔子。無從改變的這個事實令內心深處隱隱作痛。

自己實在處理不來。

然而，內心想要盡力處理。

到最後，自己還是什麼都做不了，只有這份情感必須好好應付，這種感覺令人厭煩。

「我認為你一如往常和她來往就好。」

咲太還沒開口，理央就像在自言自語般說了。

「我想也是。」

咲太認為「關心」的心情很重要。但要是關心過度，翔子會覺得「有人在關心我」、「我害別人操心了」，會有不自在的感受。

所以一如往常是最好的。

「除此之外，能做的就這個吧。」

理央在櫃檯前面停下腳步，拿起放在櫃檯旁邊的綠色傳單。摺成三等分的傳單封面印著「器官捐贈同意卡」。

理央拿起兩份，其中一份遞給咲太。

「……」

咲太默默搖頭。

一瞬間，理央眼底浮現疑問。

「對喔，你已經有了。」

但她立刻明白了。

「大概在兩個月前吧。」

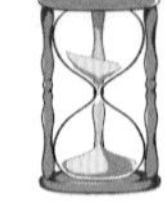

翔子說出自己的疾病之後，咲太在附近的便利商店看見這份傳單，拿了一份。填寫好的同意卡已經放在錢包裡了。

理央將一份傳單放回櫃檯，另一份收進書包。

翔子當然不會因而得救，也不會出現捐贈者遺愛給翔子。這麼做沒有任何直接的意義，但是既然想幫她，照道理自己也應該帶著器捐同意卡。

「所以梓川，你打算怎麼做？」

「什麼事情怎麼做？」

「和翔子小姐結婚這件事。」

「……」

「我想你應該知道，這個國家的法律規定男生十八歲才能結婚。」

「慢著，這話題跳太遠了吧？」

「你特地找翔子小妹問她高中畢業之後的規劃，是為了解決翔子小姐的問題吧？而且追加的高中項目也有『遇見真命天子』這一項。這應該就是在說你，也就是你兩年前遇見身穿峰原高中制服的女高中生翔子小姐那時候的事吧？」

理央一口氣說完，不給咲太插話的餘地。整段話都和咲太的見解一致。

「這個可能性應該很高……」

「達成目的之後，女高中生翔子就不見了。正確來說應該是思春期症候群暫時緩解了吧。」

「然後，這次是後續的大學生版本？」

「如果翔子小妹沒寫的未來規劃非得達成不可，就無法避免結婚。」

「我說啊，雙葉……」

難道沒有其他的解決方法嗎？

「放心吧，我會以親友身分參加婚禮。」

「呃，嗯……到時候就拜託了。」

咲太原本想反駁，但現在連反駁都懶了。

後來，咲太在醫院門口和理央道別。接下來還要探視花楓。

前往病房之前，咲太在自動販賣機區買飲料。他思考太多事，至今才察覺口渴了。

想喝熱咖啡的他伸出手指要按下按鍵時，發現右邊是寶特瓶裝運動飲料。「櫻島麻衣」擔任廣告代言人的商品。接著，咲太的手毫不猶豫地選擇了這個商品。

喝掉約半瓶之後蓋上瓶蓋。終究沒辦法一次喝完。差不多該去花楓病房了——如此心想的咲太從長椅起身。

「啊，哥哥。」

傳來一個熟悉的聲音。

說起來，會叫咲太「哥哥」的只有妹妹，也就是「花楓」或「楓」其中之一，但現在只有「花楓」一人。

咲太轉身一看，花楓踩響拖鞋走過來。護士姊姊陪在她身後。

「明明在醫院，為什麼沒來我的病房，繞路跑來這裡？」

妹妹鼓起臉頰抗議。

「花楓小妹她啊，因為哥哥沒在平常的時間過來，『哥哥還沒來嗎？還沒來嗎？』這句話一直掛在嘴上喔。」

護士姊姊如此告知。

「沒……沒那回事啦。只是覺得好慢喔。」

「所以才說要來迎接哥哥。」

「這是當成復健的散步喔，哥哥。畢竟明天要出院了。」

「嗯嗯，妳很寂寞對吧？」

「沒……沒那回事啦！」

咲太聆聽花楓和護士姊姊的對話，同時想起一件重要的事。

如同當事人自己說的，花楓明天要出院。到時候會回到咲太居住的那個家，翔子也住在裡面的那個家……

依照原本的計畫，咲太打算昨晚就想好解決方案，卻因為麻衣突然暫時返家，導致事態變得更複雜。

哥哥和年長的大姊姊同居，妹妹究竟會怎麼想？而且翔子小姐不是「女友」。

「哥哥，你有在聽嗎？」

「啊～～在聽，我在聽。」

「沒在聽才會這樣回話喔。」

「明天我會在一如往常的時間過來，東西先打包好喔。」

「已經開始打包了，我整理到剛才。」

妹妹愉快地聊著明天要出院的事。面對這樣的妹妹，咲太得出某個結論。

——明天的事情，就交給明天的自己吧。

明天的自己肯定會想辦法解決。

咲太如此心想，決定放棄思考這件事。

要是思考的事情增加，腦袋會出問題。

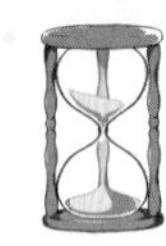

3

咲太在病房陪伴花楓到探病時間結束的下午六點，離開醫院之後先回藤澤站一趟。他想起忘記將預排的班表繳回打工的連鎖餐廳。

平常就算忘記，店長也只會打電話到家裡，所以不成問題。但現在翔子住在家裡，如果咲太不在，各方面都會很麻煩。能避免的問題最好預先避免。

咲太基於這個原因繞了點路，所以比平常晚回家。每走一步，肚子就餓得咕嚕叫。回家之後，翔子恐怕會準備晚餐。她會說「這是借住的謝禮」不肯讓出廚房。咲太正要想起她這副模樣時，麻衣生氣的臉蛋就先掠過腦海。

「不，這是她自己堅持要這麼做的喔。」

咲太姑且解釋了一下。

途中遇到紅燈，咲太停下腳步。等待的時後抬頭一看，薄薄的雲朵橫越十二月的夜空。

今年只剩一個月就結束了，感覺很短又很長的一年。這一年確實發生好多事。認識麻衣，和麻衣交往，還被好幾個思春期症候群波及。這一切都已經有點令人懷念了。

到了明年，即使是這次以「翔子小姐」登場為開端的事件，也會抱著和現在類似的心情，覺得「曾經發生過這種事耶……」來回憶嗎？

為此，咲太必須跨過一面高牆。至少必須摸索別的方法取代今天想到的解決之道。

「結婚終究不太行啊……」

思考這種事的時候，路口綠燈亮了。咲太踏出腳步要過馬路。這時候，臀部「咚」地受到衝擊，像是被人抬腿踹了一腳。

「好痛！」

片刻之後，咲太按著屁股轉身。

後方站著一個身穿千金學校制服的女高中生。不同於制服的清純感，側邊挽起的金髮在路燈照耀之下閃閃發亮。凸顯眼睛的辣妹妝也和及膝裙格格不入。

「……」

嘴角緊閉，表情只能以不高興來形容。暗藏不耐煩情緒的眼神投向咲太。

「不好意思，我身上沒錢。」

對方不發一語，所以咲太先開口。

「啊？」

「這是勒索吧？」

「怎麼可能啦！」

對方再度作勢要踢，咲太先躲開了。

「唔哇，呀啊！別躲啦！」

咲太認識這個自己踢空還抱怨的女高中生。

她叫作豐濱和香。

和麻衣是同父異母的姊妹，現在與麻衣兩人一起住在麻衣家。

「妳啊，不用上偶像訓練課程嗎？」

和香加入偶像團體「甜蜜子彈」從事演藝工作，放學之後大多要練歌或練舞。即使是這個時間，今天也算是比較早回家的一天。

「跟你沒關係吧？」

「說得也是。」

咲太也沒有想知道這種事，所以迅速踏出腳步。要是還沒過馬路紅燈又亮就虧大了。

「啊，等一下。今天只有開會啦。」

結果，和香一邊說明原因一邊慌張地跟上。她住在咲太家正對面的公寓，所以回程難免要走同一條路。

「……」

「……」

兩人暫時默默朝家門前進。

進入住宅區之後，兩人的腳步聲很響亮。

「講點話吧。」

「啊？」

「還有，走太快了。」

和香從後方拉咲太的手。

「我想趕快回家。畢竟我餓了，而且得思考各種事。」

「你只要想姊姊的事就好了。」

「就說我思考的各種事就是麻衣小姐的事啊。」

「少騙人。」

「真的啦。」

「不然你說說看，今天是什麼日子？」

和香在公園前面停下腳步。

「啊？」

突然問這個奇怪的問題，咲太也跟著停下腳步。

「先別問，快說。」

和香眼神認真，似乎拒絕任何搪塞。

「是十二月二日星期二吧？」

「是姊姊的生日。」

和香間不容髮地如此回應。

「……」

和香剛才說了什麼？生日？某人的生日……

「真的假的……」

擠出來的聲音很沙啞，腦袋慢半拍才逐漸理解這個事實的意思。身體感受到莫名的焦慮，心神不寧的感覺使得雙腳安分不下來。

「完全不行嘛。」

和香回以傻眼的聲音。

「所以姊姊昨天才趁著拍片空檔回來啊。」

「我完全沒聽她說耶。」

「櫻島麻衣的生日，調查一下就知道了吧？」

和香從口袋取出手機，手指在畫面上滑，連上某個網站之後拿給咲太看。

上面顯示的是麻衣所屬的藝能經紀公司官網。「櫻島麻衣」的個人資料上確實寫著「生日：十二月二日」。

「說一聲不就好了……」

這種想法已經是事後諸葛。

「姊姊怎麼可能說啊？最近你因為小楓的事情那麼辛苦，在這種狀況下，姊姊怎麼可能說得出口啊！」

所以必須由咲太自己察覺。這就是和香想說的意思，而且也這麼說了。但因為咲太沒發現，所以和香在生氣煩躁。

「姊姊就算去片場也一直很擔心你跟小楓。每天打電話給我，老是在說你的事。」

「……」

「我認為姊姊在這種狀況下說不出口……卻還是想要和你共度這一天，所以才硬是在昨天趕回來。」

「……」

「可是，想說你看起來意外地過得很好，結果為什麼是被別的女人安慰，回復得精神奕奕啊！開什麼玩笑！」

和香會生氣也是當然的。

咲太自己也逐漸變得不耐煩。他覺得丟臉、火大，好想立刻讓時光倒流。但他做不到這種事，所以只能做自己能做的事。

「豐濱……」

「去死吧。」

「在這之前，手機先借我。」

「不要。」

「現在還是十二月二日吧？」

「……」

「拜託。」

「……知道了。至少說聲生日快樂吧。」

她有點粗魯地將手機借給咲太。雖然她對咲太感到煩躁，但似乎認為這麼做是為麻衣著想。

咲太撥打號碼之後，鈴響三聲接通了。

『喂，梓川家。』

接電話的是開朗的女性聲音。翔子的聲音。這也是當然的，因為咲太是打電話回家。

「我說過不要接家裡的電話吧？」

要是不小心接了父親的電話，可能會造成各種誤解，很恐怖。事情絕對會變得麻煩。要是父親在週末來訪就糟透了，只有這個事態非避免不可。

『咲太小弟真計較耶。』

「我一點都不計較。」

「喂，咲太？」

和香似乎察覺到咲太不是打電話給麻衣。「很快就好。」咲太輕聲制止，和香便一臉疑惑地閉上嘴。

『所以咲太小弟，怎麼了？』

「我有事沒辦法回家，請先吃飯吧。也請關好門窗之後先睡。」

『知道了。期待你從金澤帶伴手禮回來喔。』

「……」

『咦？我猜錯了嗎？』

「沒錯，但妳怎麼知道？」

翔子沒回答這個問題。

『路上小心。』

她只說完這句話就掛斷電話。

「哎，算了。啊，手機，謝啦。」

咲太將手機還給和香。

「咲太，你當真？」

「什麼事當真？」

「你現在要去金澤？不是橫濱市的金澤區耶。」

「在石川縣對吧？有新幹線可以搭，應該趕得上吧？畢竟現在才七點多。」

「已經四十五分了。」

「快八點的話感覺不太妙。」

「等等，我查一下。」

和香滑手機操作幾次。

「啊，真的耶，趕得上。從藤澤搭宇都宮線的直達電車，到大宮再轉搭新幹線，好像可以在十一點三十五分抵達。」

「電車幾分到藤澤？」

「七點五十五分。還有十分鐘。」

如果現在掉頭，到車站不用十分鐘。

「那我出發了。」

「到那裡之後聯絡一下。我幫你不經意地隨口問姊姊人在哪裡。」

「我不記得妳的手機號碼。」

「手伸出來啦，笨蛋。」

和香板著臉，將手伸進書包摸索。手抽出來的時候拿著一枝筆。

「好了，快點。」

和香在躊躇的咲太手上寫字。

「喔嗚……」

總覺得癢癢的，咲太發出奇怪的哀號。

「說真的，去死吧。」

和香像在看垃圾般揚起視線，但手上的動作沒停。她寫的是十一個數字，她的手機號碼。

「我說妳啊，這是油性筆吧？」

就算摩擦，感覺也擦不掉。

「不用擔心不見，這樣很好啊。」

「看到妹妹的手機號碼寫在身上，麻衣小姐會罵我啦。」

「好好被修理一頓吧。」

「那麼，總之，拜託了。」

「快走啦，笨蛋。」

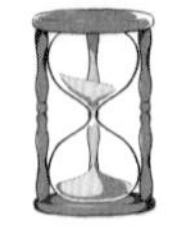

「剛才是妳叫我等一下的吧？笨蛋。」

即使這樣拌嘴，咲太還是迅速轉身跑回車站以免趕不上電車。雖然很快就氣喘吁吁，但咲太吐著白煙不斷奔跑。

明天的事情交給明天的自己就好。

然而，今天的事情不同。

今天的事情只能由今天的自己來做。

所以，現在要全力奔跑。

4

咲太順利搭上晚上七點五十五分離站的宇都宮線直達電車，約一小時二十分後在大宮站下車，在站內購買北陸新幹線的車票。由於都是對號座，上車之後只能坐在自己的座位，等列車抵達金澤。

窗外流動的景色昏暗，看不清楚。咲太沒有聊天的對象，也沒帶打發時間的東西，所以只能乖乖坐著。在想要趕快抵達的狀況下無事可做，心情靜不下來。明明以兩百六十公里的時速飛馳，內心卻希望更快一點。

北陸新幹線光輝519號無視咲太這樣的心情，平淡地繼續行駛，途中停靠長野縣的長野站、富山縣的富山站，連一分鐘都沒誤點，準時在晚上十一點三十五分抵達石川縣的金澤站。

咲太在停車之前就離座，站在車門前待命，門一開就衝到月臺。

他一邊前往驗票閘口一邊找公共電話。從月臺搭手扶梯往下的時候，他一發現綠色的電話就衝過去，撥打寫在手心的十一個數字。明明流了汗，油性奇異筆寫下的數字卻一點都沒糊開。大概會留到這週末吧。

電話在鈴響的瞬間接通。

『咲太？』

是和香的聲音。恐怕是一直在等咲太打來，她接電話的速度快得異常。

「麻衣小姐在哪裡？」

『你現在在哪裡？』

「我在新幹線，還沒出站。」

『那或許剛剛好。我十分鐘前收到簡訊，姊姊在車站東門的圓環。她傳照片說工作人員在收工之後準備了蛋糕，所以離開的時間應該會延後。』

「東門的圓環是吧？知道了，謝啦。」

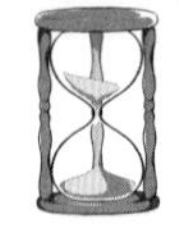

『沒時間了，快去！』

電話被掛斷了。

咲太掛好話筒，參考「東門」的導覽板邁開腳步。

走出驗票閘口環視四周，尋找「圓環」的文字。

穿過如同巨蛋骨架的巨大屋頂下方，終於走出車站。這一瞬間，冷風襲擊全身。

不只如此，還有某種像是白色棉絮的東西在飛舞，而且是大量飛舞……

「不會吧……」

咲太自然發出聲音。

理所當然般下著雪。

站前看似鳥居的裝置藝術積了薄薄一層雪，打了光的模樣洋溢奇幻氣息。轉身一看，車站整體在藹藹白雪之中打造美麗的景色。

「金澤好厲害啊。」

這是咲太率直的感想。但現在不是在這裡停下腳步的時候，咲太不是來觀光的。

雖然走出車站就是公車圓環，但圓環很大，要找到特定人物並不容易。

不過，咲太發現只有一個地方的燈光莫名地亮。該處豎立著照明燈，還看到掛在長桿前端的巨大麥克風。肯定是劇組。

外圍拉起管制線，線外彷彿包圍著劇組般聚集了一群人。不知道是當地人還是觀光客，大概各半吧。

咲太一接近就響起掌聲，似乎是大牌演員正要退場。傳來「辛苦了」、「謝謝各位」等打招呼的聲音。一名年長男性向劇組人員與聚集的影迷行禮之後進入保姆車，車子一關上門就起步。

緊接著，人群像是歡呼又像是尖叫的聲音響遍周圍。劇組人員之中走出一名環繞著亮麗氣息的女星。是麻衣。

「今天各位辛苦了，明天最後一天也請多指教。」

麻衣恭敬地問候周圍的劇組人員，然後在咲太也見過的經紀人引導之下，快步走向白色廂型車。上車之前，麻衣朝影迷鞠躬致意。

咲太也在人群中，但是在這種狀況下不能叫她。採取輕率的行動會造成麻衣的困擾。

側滑式車門關閉之後，車子就這麼起步。咲太無視目送的劇組人員，連忙去追。

然而，人的雙腿要對抗車子是有極限的。咲太在第一個轉彎處就完全跟丟了。

「呼……呼……」

咲太氣喘吁吁地轉頭尋找，但是找不到。心情上的焦急以及跑步的影響，使得汗水一下子冒出來。咲太思考是否要不管三七二十一，先跑到下一個十字路口。如果車子等紅燈拖到時間或許找得到。然而這裡是陌生的城市，現在又是雪下不停的夜晚，咲太不期待能發生奇蹟讓他找到追

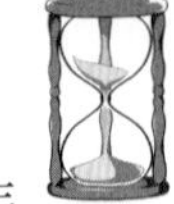

丟的那輛車。現實沒有像戲劇那麼順心如意。

這麼一來，只能再聯絡和香一次，請她打聽麻衣下榻的地點了吧。這狀況看來，日期肯定會變成十二月三日……但是只有這一點無可奈何。

「希望她笑著說聲『這也沒辦法』就好了。」

咲太說出喪氣話，忍不住乾笑。

「我完全笑不出來喔。」

這個聲音來自失望的咲太正後方。咲太熟悉的聲音……這個聲音使得咲太內心同時感受到緊張、驚訝與喜悅。

「……」

抱持難以置信的心情轉身一看，某人從建築物暗處走了出來。彷彿起跑前的馬拉松選手，穿著全身包得緊緊的防寒衣。由於光線昏暗，對方又戴著帽子，所以還看不清楚長相。

「咲太你為什麼會在這裡？」

路燈終於照亮的這個人，是咲太本應追丟的她。

「麻衣小姐……」

咲太老實地表達驚訝。為什麼麻衣會在這裡？

「過來。」

麻衣做出有點在意四周的樣子，隨即抓住咲太的手，將他拉進小巷。

熟悉的白色廂型車停在隔一條路的路邊。是咲太剛才追的車。

後座車門是開著的，麻衣將咲太推進去。

「坐裡面。」

「是。」

咲太聽話往裡面坐，麻衣隨即也上車，拉上車門。

車子緩緩起步。開車的人是麻衣的經紀人，記得叫花輪涼子，以前的綽號是「荷士登」。這是麻衣之前說的。

拿下帽子的麻衣看起來就是剛拍完片的樣子。大概是化妝的力量成為輔助，麻衣筆直注視前方的側臉極具透明感，比平常更美麗。給人的感覺不是「麻衣小姐」，比較像是藝人「櫻島麻衣」。如同位於電視另一頭的亮麗存在感，籠罩著無法以平常輕鬆語氣搭話的光環。

麻衣似乎也沒有要發問。她帶著有些為難的表情，心不在焉地看著交會的車輛。

「……」

「……」

車內洋溢奇妙的緊張感，不能講話的緊繃氣氛。

然而，咲太沒時間躊躇了。車內的數位時鐘顯示時間是二十三點五十六分。

「麻衣小姐，妳幾時發現我的？」

從拍片現場撤退時，兩人視線沒有特別對上，咲太混在人群之中。咲太實在不認為麻衣能在那麼短的時間內認出他。

「那套制服很顯眼。」

縣立峰原高中的制服。在這麼遠的金澤看到這套制服，要說顯眼確實很顯眼吧。不過在那樣的人群中，應該還是幾乎看不到制服，而且麻衣不知道咲太在金澤。

「和香一直打電話給我，我就想到了這種可能性。」

「那傢伙明明說要不經意隨口問妳在哪裡……」

突然出現，為麻衣慶生。這個計畫落空了。麻衣不只沒受驚，看起來也沒有因為咲太前來而感到高興。

「來這裡很花錢吧？」

「哎，有一點。」

「回去的電車錢呢？」

「不搭新幹線應該回得去吧……」

這是假的。咲太用光剩下的打工薪水才勉強來到這裡，看來回程只能動用父親每個月匯給他的生活費了。或許得暫時吃得克難一點。

「唉……」

咲太不禁深深嘆了口氣。

「要多少？」

看來謊言穿幫了。麻衣朝第三排座位伸出手，從包包取出錢包。

「那個……」

擅自跑來，回程的電車錢還得向女友借，真的是漫無計畫。

「從藤澤到金澤，大概要一萬五千圓左右。」

手握方向盤的涼子隨口這麼說。

「那麼，來。」

麻衣遞出兩張萬圓鈔。

「我一定會還……」

這一瞬間的自己看起來想必很沒出息吧。完全是小白臉。超弦理論。

「有地方住嗎？」

麻衣還落井下石。

「我會隨便找個地方混到天亮。」

「在這樣的大雪裡？」

「……」

麻衣的語氣聽起來不准咲太玩文字遊戲或反駁，咲太不禁閉口。完全被當成小孩子了。

「涼子小姐，真的很抱歉，可以請您調查劇組人員住的旅館還有沒有空房嗎？」

「停車之後，我聯絡看看。」

「……謝謝。」

這時候就老實地道謝吧。感覺拒絕才會添麻煩。

「然後呢？」

麻衣嘆著氣催促某件事。

「沒有其他要說的嗎？」

她的眼神在意著車內的時鐘。二十三點五十九分。

「麻衣小姐，生日快樂。」

剛說完，數位時鐘顯示的時間就換了。告知時刻的數字是三個零。進入十二月三日了。

「笨蛋，這麼晚才講。」

看向咲太的麻衣終於展露笑容。

車子逐漸駛離市中心車站，緩緩開上一條斜坡，約五分鐘後停車。

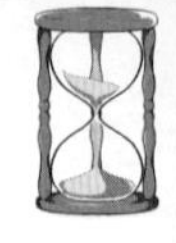

駕駛座的涼子拉起手煞車。

「到了。」

她一邊解開安全帶一邊轉身向咲太與麻衣說了。

「涼子小姐，謝謝。」

「約會時間只有十五分鐘喔。要是又被週刊拍到，我可沒臉見社長。」

「放心，第二次就不會成為話題了。」

「真是的，麻衣小姐！」

「我會小心。」

麻衣孩子氣地改口。

「還有，要好好從男友那裡分到一些活力喔。」

涼子露出有點壞心眼的表情這麼說。

「因為妳回到金澤之後不知為何變得消沉，劇組人員跟導演都很擔心。」

「等……等一下，涼子小姐！」

居然講這種話？麻衣難得驚慌失措。

「請不要亂講話。」

嘟嘴抗議的麻衣側臉看起來格外孩子氣。不，應該說和年齡相符吧。這一幕令人會心一笑，自然放鬆臉頰。

「咧嘴笑什麼笑啊？好了，走吧。」

麻衣打開車門準備下車。接觸到車外的空氣，咲太身體就打顫。

「麻衣小姐，會冷。」

「這個借你穿。」

麻衣脫下自己的防寒衣，塞給咲太。麻衣在防寒衣底下穿了大衣，看起來挺保暖的。

咲太披上麻衣借的防寒衣，追著先下車的麻衣前進。如今咲太才發現胸口有電影片名的標誌。看來是為這次拍片所準備的。

咲太在積了點雪的路上快步追著麻衣，很快就來到她的身旁。此時，前方視野突然變開闊。

「……」

咲太不禁呆呆張著嘴，因為放眼望去盡是金澤的夜景。

「是涼子小姐在拍片第一天帶我來的。很漂亮吧？」

「原來經紀人小姐對這裡很熟啊。」

「她說昔日論及婚嫁的前男友老家在這裡。」

「這還真是複雜耶。」

當時造訪金澤，恐怕是要拜會男友父母，看來真的是論及婚嫁。雖然不知道為什麼破局，但

別深入詢問當事人應該比較好。

「對了，麻衣小姐。」

「什麼事？」

「原來妳之前都沒什麼精神啊。」

「你明明發生那麼天大的事，看起來卻很有精神耶。」

麻衣迅速反擊。

「我消沉過啦。」

不是開玩笑也不是謊言，咲太對「楓」的情感至今依然在內心隱隱作痛。

「……得感謝翔子小姐才行。畢竟她救了你兩次。」

第一次是兩年前，咲太還是國三學生時的事。他在七里濱海岸遇見女高中生翔子，確實因而得救。第二次是上週剛發生的事。因為失去「楓」，咲太差點被失落感吞沒，是「翔子小姐」激勵他的。

「我明明非得陪在你身邊……」

壓抑情感的話語，表情帶著一絲落寞。

「這……」

這也無可奈何……咲太說到一半，但還是做罷。

說起來，咲太兩年前還沒和麻衣交往，兩人當時不是情侶，甚至還沒認識。

這次的事件也一樣，麻衣完全沒必要感到責任，因為她正在金澤拍攝主演的電影。

「咲太需要某人的扶持，我確實明白這一點喔。」

不過，麻衣一副無法認同的表情。

「這個人不是我，我好像稍微受到打擊了。」

麻衣講得像是置身事外，但或許如此吧。有時候會發現連自己都不知道的自己的心情。即使是平常態度成熟的麻衣，一樣會困惑於未知的情感。

「光是有麻衣小姐，我就會覺得幸福喔。」

「這不就代表我什麼都沒做嗎？」

「但我覺得這樣很了不起。我也想在麻衣小姐心中成為這樣的人。」

咲太移動視線看向麻衣想得到回應，但麻衣露骨地撇過頭。咲太不得已只好說下去。

「昨天……應該說已經是前天了，看到妳回來，我超開心的。」

「但我好像回去得不是時候。」

「這方面我無法否定。」

咲太露出苦笑。只有那一瞬間，咲太不知道該怎麼辦。

「居然接受以前女人的安慰，說真的，你想怎樣啊？」

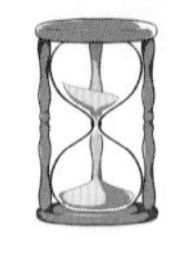

「就說了，我和翔子小姐不是那種關係，我對麻衣小姐……」

「我不相信這種事。」

咲太拚命辯解，麻衣卻斷然駁回。

「咦～～」

「不提這個，我好冷。」

到最後，連話題都整個換了。麻衣憤恨地看著劇組人員外套，一副要討回來的樣子。

「知道了。」

咲太拉下拉鍊要脫下的時候，麻衣背對著他鑽進外套。

「快拉上拉鍊。會冷。」

咲太遵照命令，將麻衣一起裹在外套裡。

「妳不是說過這種事暫時不能做？」

當時麻衣強烈抗拒，咲太光是回想，內心就差點要受挫了。

「很冷所以沒關係。」

「冬天萬歲！」

「還有，用不著解釋或安撫我了。」

「這我就希望妳好好聽一下了。」

「我的意思是說，既然你過來見我，我就不計較了。」

聲音比剛才小一點，聽起來像是賭氣，像是害羞，也像在逞強。從後方看不見麻衣低頭時的表情，即使如此，能夠這麼近地感受到麻衣的溫暖就滿足了。

「……」

「……」

「咲太。」

「什麼事？」

「閉上眼睛。」

「為什麼？」

「先別問，閉上眼睛。」

語氣聽來並不從容，感覺在害臊。咲太覺得乖乖服從會有好事，所以聽話閉上雙眼。

麻衣在外套裡扭動身體，轉為側身，觸摸咲太的臉頰。麻衣的呼吸就在耳際，也感受得到體溫。不知道是洗髮精、化妝品還是什麼東西的味道，在雪花紛飛的寒空下依然聞得到一絲芳香。

「咲太……」

溫柔又帶點嫵媚的叫喚。

麻衣靜靜地暫停呼吸。

感覺得到她緩緩挺直背脊。

身體稍微靠向咲太的下一瞬間……

「好痛痛痛痛！」

麻衣狠狠捏住咲太的臉頰。

咲太反射性地睜開雙眼。

「麻衣小姐，很痛啦！」

即使求救，麻衣也沒放鬆手指。

「話說，為什麼？」

剛才氣氛超好，還以為會得到親吻之類的獎賞……這種待遇太殘酷了。

「看到你的臉而安心之後，我莫名煩躁起來。」

麻衣一臉由衷不高興的表情。

「仔細想想，你還沒接受花心的懲罰吧？」

「就說了，那不是花心……」

不知道剛才是誰說不用解釋的。

「啊，不過，原來麻衣小姐安心了啊……呃，好痛痛痛痛！」

咲太想改變話題，結果這次是兩邊臉頰都被捏。

「不提這個，咲太，禮物呢？」

「什麼禮物？」

「生日禮物。」

「我來了還不夠嗎？」

來到這裡的交通費搾乾荷包。打工薪水匯入的帳戶餘額只剩幾百圓。

「不夠。」

「聖誕節我會想辦法彌補，請原諒我。」

「我還不確定那時候的工作排程喔。」

「好想和麻衣小姐一起吃蛋糕耶～」

「你今年和花楓一起過吧。」

「和妹妹過聖誕節……」

「只要你這麼做，我也會送你禮物。」

麻衣像在瞪人般揚起視線注視咲太，但說來神奇，完全不可怕。即使在微光之中，也看得出麻衣臉蛋紅通通的。

「畢竟交往半年了……也得為今天的事情回禮才行。」

呢喃般的小小聲音，一個不小心似乎會被風聲帶走。

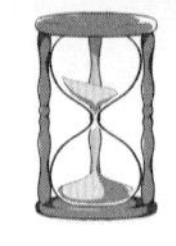

「麻衣小姐，妳在想色色的事情嗎？」

「……這是男女正常會做的事情吧？」

「也可以這麼說。」

「所以，要是敢對其他女生嘻皮笑臉，我可不會原諒。」

麻衣總是英氣凌人，卻只有現在看起來因為害羞與寒冷而縮得小小的。嬌柔的身軀完全收進咲太懷裡。這副模樣好可愛，理性克制不了太久。咲太任憑衝動緊抱麻衣，摟她入懷。

「呃，喂，咲太！還不行啦！」

「這次是太可愛的麻衣小姐不對。」

那方面的開關完全開啟。

「呀，你……你摸哪裡啦！」

「咿！」

害羞得不得了的麻衣腳跟直接命中腳趾甲。

「好痛～～！」

咲太單腳猛跳，將被踩的腳拉到胸前。

離開咲太的麻衣按著凌亂的頭髮開口。

「啊，涼子小姐傳簡訊來了。」

她完全把咲太扔在一旁。

「她說幫你訂到房間了。」

「……謝謝。」

痛到說話幾乎不成聲。咲太不再單腳跳，改為蹲下。

「小題大作。」

「真的很痛啦。」

咲太含淚憤恨地看向麻衣穿的靴子。那是凶器。

「還不是因為你亂摸？」

「……」

右手心留下柔軟的觸感。即使身處寒空之下，也只有這份觸感忘不了。

「喂，不准回想。」

「麻衣小姐是大人，所以不管我怎麼想像都不會在意吧？」

「一樣噁心。」

「咦～～」

「啊，還有，解決翔子小姐的問題之前，我也會住你家。」

「也就是說，如果沒解決，妳就會一直留下來啊。」

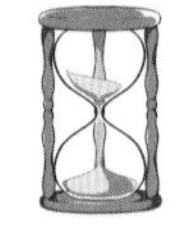

關於這次的思春期症候群，目前還沒找到解決之道。不，已經想到唯一手段，但並不實際。

「可以是可以，但你不在乎無法和我獨處嗎？」

麻衣挑釁地笑了。她的笑容完全回復為平常的樣子，走回車上的腳步也輕盈愉快。咲太莫名抱著幸福的心情望著她的背影。

明天花楓將出院回家；家裡有翔子。等到麻衣電影殺青跟著住進來，應該會陷入亂七八糟的狀況吧。要是想太多搞不好會胃穿孔，所以還是輕鬆面對這種事態比較好。反正人生只能順其自然了。

「總之，明天的事情，明天的我應該會想辦法解決吧。」

咲太如此低語，不過他一上車……

「今天已經是今天了喔。」

麻衣就將他拖回現實。

1

咲太在給人潔淨感的白色病房門前敲兩次門。

「是，請進。」

房內傳出翔子開朗的回應。

「是我……梓川。」

上次……應該說昨天，翔子剛好在換衣服，咲太活用這個經驗，再度確認以防萬一。從經驗中學習才是正派的做人方法。

「啊，咲太先生！沒問題！我有穿！」

翔子充滿活力的回應聽起來像不久前流行的裸體諧星的台詞，但應該只是巧合吧。

這次咲太真的開門一看，翔子今天也坐在床上。手上拿著漫畫，看得到粉紅色的書名，應該是少女漫畫。

「……」

翔子投以純真的笑容，咲太頓時想不到該說什麼。大概是多心吧，翔子看起來比昨天還嬌小。明明只經過二十四小時，卻似乎瘦了一點。

「咲太先生？」

「啊，沒事……打擾到妳了嗎？」

咲太看向漫畫，同時坐在床邊的圓凳上。

「不，我從昨天就一直在等這一刻。」

翔子闔上漫畫放在邊桌上。書名下方的作者姓名是「椎名真白」。似曾相識的名字。上個月舉辦校慶時，在校內迷路的二十多歲漂亮大姊姊就叫這個名字。是同名同姓嗎？還是那位大姊姊其實是漫畫家？哎，怎樣都沒差就是了……

「來，這是伴手禮。」

咲太將手提的紙袋遞給翔子。翔子老實地收下，但是表情透露出疑問。

「伴手禮？」

她大大地歪過腦袋。

「我剛從金澤回來。」

「咦？咲太先生，您昨天傍晚在醫院吧？來探視我對吧？」

「在那之後，我搭上新幹線末班車，今天上午從那邊回來。」

而且剛剛才抵達藤澤，在回家之前先來探視翔子。

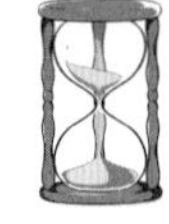

咲太打了一個呵欠。既然要蹺課，就花點時間觀光再回來吧……這個貪心的念頭是敗筆。

「難得來到金澤，至少逛逛兼六園、東茶屋街以及武家宅邸遺跡再回去吧？」麻衣這麼建議，咲太就照做了。為了省錢而走路沒搭公車應該是疲勞的原因。雪景恰到好處，十分有看頭，不枉費特地跑這一趟。

「咲太先生果然是大人耶。」

「哎，因為是麻衣小姐的生日……呼啊～～」

咲太再打一個呵欠。雖然在回程的新幹線上多少睡了一下，但兩小時左右的睡眠不夠。

「感覺好棒。」

「沒妳想的那麼好啦。」

實際上，看翔子感動會有種罪惡感。如果咲太真的是幹練成熟的好男人，應該一開始就查明麻衣的生日，也不會在見面地點向女友借回程的電車錢。連住的地方都是請別人準備……費用也是麻衣幫忙出的。

以結果來說，咲太在各方面都造成別人的困擾。送給翔子的伴手禮也是因為借來的電車錢還有剩才買的，領到打工薪水之後得趕快還錢。

「我可以看嗎？」

翔子一邊說一邊看向伴手禮紙袋裡的東西。

「當然。」

「好期待喔。」

翔子眼神閃閃發亮，取出內容物。

首先拿出來的是細長的盒子。兔子造型的蒸豆沙包，麻衣先前買的伴手禮。當時大翔子吃得津津有味，所以這次也買了小翔子的份。

另一個是圓筒狀的東西……印象中最近會看到粉領族隨身攜帶的不鏽鋼瓶。

「裡面有東西？」

看來是以拿在手上的重量得知的。

「打開看看吧。」

「好的。」

翔子有些慎重地打開瓶蓋。

「這是……？」

裡面是翔子也知道的東西，但她像是第一次看到般愣住。畢竟在這個區域必須再冷一點才看得見，而且一年看不到多少次。

「雪？」

翔子以手指輕觸之後驚叫。

是的，不鏽鋼瓶裡的東西是雪。

昨晚開始下的雪就這麼一直下到天亮，咲太醒來的時候，金澤街景已經染成雪白。

在車站的伴手禮商店，咲太發現金澤限定販售的描繪了卯辰山剪影的不鏽鋼瓶，想到可以用這個瓶子裝雪帶回來。順帶一提，卯辰山是咲太和麻衣去看夜景的那座山。

「好冰！」

翔子一邊尖叫一邊將雪倒在手心，開心地以雙手捏成雪球。

看來雪意外地保存到現在。

「下了很多雪嗎？」

「早上大概積了十五公分吧。」

「好厲害。這邊明明完全沒下……」

翔子看向窗外。雙眼所見是清澈晴朗的藍天，具備透明感，充滿冬季氣息的冬季天空。

「畢竟今年還不是很冷，要到聖誕節那時才會下。」

「聖誕節啊……要是能再去看一次就好了。」

注視南方天空的翔子臉龐追尋著回憶裡的模樣。

「嗯？」

「啊，我是說江之島的燈飾。去年，我和爸爸媽媽一起去看……很美喔，閃閃發亮，總覺得像是夢裡的世界！」

翔子探出上半身說明，想讓咲太知道當時的光景有多美妙。

「咲太先生沒看過嗎？」

「只有遠遠看過。」

宛如燈塔矗立在江之島的瞭望塔「海燭」，咲太知道大概會從這個時期開始點燈。在太陽早早下山的這個季節，只要放學後繞到物理實驗室多待一下，戶外就一片漆黑，光是搭乘回程電車，江之島燈飾的光輝就會自然映入眼簾。

「如果一個人去看那個，就是懲罰遊戲了。」

聖誕夜尤其是地獄吧。肯定滿滿都是情侶。

「咲太先生不是有麻衣小姐嗎？」

「她說還不確定那時候的工作排程。」

可以的話想共度那一天，但只有這一點無可奈何，因為麻衣是當紅女星「櫻島麻衣」。

「麻衣小姐好忙耶。」

「光明正大在外面約會很顯眼也是問題。不過難得住在這附近，真想就近欣賞一次。」

「既……既然這樣，要不要跟我去？」

「跟妳？」

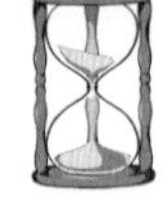

「聖……聖誕節以外的日子就好。然後，也邀請理央小姐、花楓小姐、和香小姐，大家一起去……」

翔子臉蛋愈來愈紅，相對的，聲音愈來愈小。

「說得也是。就這麼辦吧。」

「咦？可以嗎？」

臉上驟然綻放笑容的花朵。

「等妳出院，就辦一場出遊慶祝吧。」

「好，期待這一天！」

翔子露出甜美的微笑。

「啊，對了，咲太先生。」

「嗯？」

「關於昨天的這個……」

翔子將剩下的雪裝回不鏽鋼瓶，拿毛巾擦乾手，然後在咲太面前攤開熟悉的紙張。

是昨天也拿給咲太看過，寫下翔子「未來規劃」的紙。

到現在欄位也幾乎空白的紙……

「……這個嗎？」

「就是這個。」

不用說明，咲太視線落在紙上的瞬間就知道翔子想說什麼。這個大家來找碴的遊戲簡單得應該任何人都一看就會發現。

「變多了。」

「是的，變多了。」

昨天看到的時候，只寫到高中生的項目，往下的欄位都是空白。這是可以確定的。但現在多寫了一些後續。

——讀大學。

——和真命天子重逢。

——下定決心表白！

追加了這三行。

筆跡沒有差異。說來神奇，也不像是追加的。宛如一開始就寫在上面，融入質感有些老舊的這張紙。

但是比起這個，追加的內容更令咲太在意。

咲太心裡有底。

和大翔子重逢。

不只如此，翔子還這麼說過。

——因為，我喜歡咲太小弟。

至少從這兩點來看，可以認定和大翔子的行動有關。逐漸符合理央的預測。「翔子小姐」出現的原因，是要幫「牧之原小妹」寫下那天沒寫的未來規劃。咲太兩年前遇見的女高中生「翔子小姐」因為高中生的欄位被填上了，所以消失了。這麼想就大多可以接受。

然而，如果真的是這樣，那麼這次的思春期症候群或許必須透過女大學生翔子填滿「大學生」的欄位才能解決。

這麼一來，翔子原本想寫的內容果然就成為問題。

如果願望只到同居，現狀已經是這種感覺，所以或許勉強算是完成，但後續的結婚……咲太終究做不到。

「咲太先生？」

翔子從下方觀察沉默的咲太。

「我再找雙葉商量看看。」

「好的，謝謝您。」

無憂無慮的笑容。翔子面對這個神奇的狀況，應該也會感到不安；面對自己的疾病，應該也會感到恐懼。但她不會在咲太面前表露這種情感。不想害大家擔心，不想害咲太擔心。應該是這個想法使她用力踩了煞車。

而且，這記煞車產生明顯的扭曲，名為「思春期症候群」的扭曲。

空虛的是即使知道這種事，咲太也沒有治本的手段。

咲太無法治好疾病。

說出來就是如此單純的事實，卻讓咲太的胸口中央感到空虛。

後來，咲太和翔子一起吃兔子造型的蒸豆沙包，過了下午四點說聲「我還會再來」便離開了病房。

差不多該去接花楓了。花楓今天出院。

咲太走到電梯前面，表示電梯抵達的鈴聲響起，電梯門開啟，走出一名女性，年紀大概在三十五到三十九之間。是翔子的母親。

「啊，梓川小弟。」

咲太鞠躬致意。

「抱歉打擾了。」

「謝謝你為了翔子過來。」

「不，這完全不算什麼。」

「她昨天說『咲太先生來了』，開心得不得了。明明一開始還要我別提到她住院的事……

啊，電梯。」

電梯門差點關上，連忙按下按鍵阻止。

「我會再過來。」

不能一直占著電梯，所以咲太簡短回應之後進入電梯。

「好，我想那孩子也會很高興的。謝謝。」

電梯門緩緩關閉。從門縫看見的翔子母親表情似乎在瞬間蒙上陰影，但咲太還來不及確認，電梯門就完全關閉。

只載了咲太的電梯發出運轉聲啟動。

「或許不太樂觀……」

咲太靠在牆邊，脫口說出他對翔子病情的模糊不安。

來到花楓的病房一看，室內已經清理乾淨。

替換衣物以及咲太拿給她打發時間的小說已經收進看起來很耐用的紙袋與托特包。病床的床單被收走，格外殺風景。直到昨天都感受到體溫的室內，如今沒有溫暖。

「哥哥，你好慢喔〜」

「我是準時到吧？」

如果是正常上完課再來醫院，大致是這個時間。

「爸爸呢？」

出院手續與繳費必須由大人辦理，所以花楓出院的今天，預定和下午早早下班的父親在這裡會合。

「爸爸早上就來了喔，也幫忙辦好手續了。」

「嗯？是嗎？」

「爸爸說他上午的行程臨時延到下午了。」

「妳可以先跟我說一聲嘛。」

「我想先說一聲，所以今天早上用爸爸的手機打了電話給哥哥啊……」

像是看到髒東西的視線刺向咲太。

原因能以剛才的這句話說明。花楓說「打了電話」。

打給誰？

打給咲太。

而且咲太沒有智慧型或傳統手機，所以「打電話給咲太」就是打電話回家；現在住著一個女大學生姊姊的那個家；即使吩咐「請不要接電話」，翔子也會二話不說接電話的那個家……

「當時有人接電話？」

從妹妹的反應已經可以得出答案，但咲太還是抱著一絲希望姑且問一下。

「一個女生接的。」

即使早就知道，但實際聽到終究還是緊張了一下。

「真的嗎？」

「真的啦～～我真的嚇了一跳。」

花楓鼓起臉頰抗議。

「哎，既然這樣就可以長話短說了。現在有個大姊姊住在我們家。請知悉。」

「莫名其妙啦～～」

「世間的常識在這兩年變了。這種程度是稀鬆平常。」

「變態成變態的只有哥哥啦，一定是這樣。」

「青春期的男生在這個時期都會變成變態喔。」

「可……可是哥哥，你……你有女朋友吧？」

花楓增強抗議的力道，像是想見識咲太會如何反擊。

「不用擔心，沒事的。」

「什麼沒事？」

「這個女朋友也說今天起要住在我們家。」

咲太如此回嘴，像是想見識花楓會如何反擊。為什麼在我妹出院的日子講這種事？咲太內心的疑問不斷加深，但是既然變成這樣也沒辦法，只能想辦法讓花楓死心。

「啊？」

花楓睜大雙眼，呆呆張著嘴。

「妳模仿快死掉的金魚還是這麼像耶。」

「我沒模仿過那種東西啦～～話說，哥……哥哥，你剛才說什麼？」

「妳模仿快死掉的……」

「前一句啦！」

「『這個女朋友也說今天起要住在我們家』這句？」

女朋友……也就是麻衣說「拍完電影立刻回來」。如果電影按照預定計畫拍完，她現在差不多要離開金澤了。

「……」

花楓再度張嘴僵住。

「莫名其妙啦……」

好不容易擠出的是這句話。

「所以，現在我們家住了一個女大學生姊姊，而且我的女友今天起也會住進來。說起來很簡單吧？」

「要接受這種荒唐的現實很難啦！這是怎樣？這到底是怎樣？」

「冷靜一點，不然傷身體。」

「哥哥再稍微慌張一點好嗎？」

「這我已經膩了。」

那天晚上……不對，只是前天晚上的事，從麻衣撞見翔子的那一瞬間開始，咲太就一直焦急、慌張，內心忙得不可開交。必須在這裡找個妥協點休息，否則連咲太也會撐不住。

「花楓。」

「什麼事？」

「死心吧。這是現實。」

「……唔，嗯，知道了。我會努力。」

「好，就是這股志氣。」

妹妹具備這種彈性思維，真是幫了大忙。

「不過，我想問一件事……」

「什麼事？」

「關於哥哥女朋友的事。」

「啊～～」

花楓的雙眼透露出她已經知道某些事，但同時也還難以置信似的動搖。

「女友是那位櫻島麻衣小姐，這再怎麼說都是騙人的吧？雖然日記這麼寫，但這是不可能的事吧？我拿這件事問爸爸，他只看著遠方的天空含糊地笑了笑……這不是真的吧？」

花楓連珠炮似的這麼說，表情隱約透露拚命的感覺。

總之咲太能做的，就是在心中向看著遠方天空的父親道歉吧。看來該好好介紹麻衣了。

「總之，怎麼說，這部分妳就親眼確認吧。反正幾個小時之後就會見面了。」

咲太這麼回應花楓。

按照常理思考，那位「櫻島麻衣」居然和哥哥在交往，花楓不相信也是理所當然。立場反過來想一想就很清楚。咲太也一樣，如果花楓說自己和家喻戶曉的藝人在交往，應該會認為妹妹中邪胡思亂想，會積極勸她找這方面的醫生診療。

「好，回去之前要說的都說完了吧？走吧。」

在重提剛才的話題之前，咲太雙手分別提起托特包與紙袋，不管花楓就準備離開病房。

「啊，哥哥，等一下啦。」

「如果要做心理準備，在回家的路上做吧。」

「不是這件事……」

「嗯？」

咲太在意起這句話的音調而轉身一看，發現花楓一邊看著自己的指尖一邊忸忸怩怩。這是花楓有口難言時的習慣動作，從兩年前就沒變過。

「那個……就是……」

「要上廁所？」

「……我想說聲對不起。」

聲音小到幾乎要消失了，但是蘊含的情感一點都不小。這句「對不起」包含了這兩年，以及進入這兩年之前的一切。

「別在意。」

「你知道我在說什麼嗎？」

花楓戰戰兢兢地揚起視線。不安的眼神。

「反正妳認為都是自己的錯吧？」

「……因為本來就是我的錯啊。」

「怎麼可能。」

花楓遭到霸凌不是她的錯。以此為理由拒絕上學、引發思春期症候群、解離性障礙發作、母親看見這樣的女兒而失去育兒自信罹患心病，這些都不是花楓的錯。無法和父母一起住，以及咲太搬到藤澤，同樣也不是花楓的錯。

「別太自以為是了。」

「咦～～」

「妳也拚命過，所以沒關係啦。」

「總覺得……」

花楓有些不滿地噘起嘴，眼神看來似乎想說些什麼。

「嗯？」

所以咲太輕聲催促。接著……

「哥哥好像變帥了。」

花楓輕聲說了。

「……」

咲太不禁呆呆地張開嘴。

「我……我明明在稱讚哥哥，為什麼哥哥變成死魚眼了？」

「聽到親妹妹講這種話，我覺得毛毛的。」

「真的很過分耶～～」

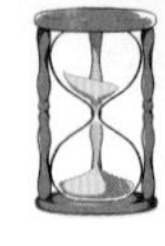

「沒有啦，因為，妳啊……如果我說『花楓，妳變可愛了』……」

「……哥哥，你好噁心。」

咲太還沒說完，妹妹就一臉正經地表達抗拒。

「好了，回去吧。」

咲太這次真的要走出病房。

「啊，等我等我！」

咲太來到走廊時，花楓追了上來，貼在咲太身邊。

「哥哥，謝謝你一直陪在我身邊。」

「花楓，幫我拿一邊。」

「哥哥是在害羞嗎？」

「只是很重啦。」

「也太虛了吧……」

花楓嘴裡抱怨，但依然主動幫忙拿托特包。

咲太將多虧如此空出來的這隻手放在花楓頭上。

「幹……幹嘛？」

「總之，都是託妳的福。」

「咦？什麼意思？」

如果咲太真的變帥，肯定是多虧這兩年的經驗。咲太知道現在的自己是「花楓」與「楓」造就出來的，所以……

「我才要說聲謝謝。」

「我聽不懂啦～～」

「不懂也沒關係。」

「不要啦～～」

進行這種互動的咲太與花楓並肩走出醫院。回家的路上也一直像這樣聊天，一直聊下去都不會膩。

2

花楓順利出院的隔天早上。

「天亮了，起來吧。」

在女友溫柔的搖晃之下，咲太醒了。

「唔～～」

咲太半夢半醒發出痴呆的聲音。身體知覺逐漸回復之後，感覺背與腰特別痛。床的觸感也和平常截然不同，好像硬硬的。應該說咲太並不是睡在自己臥室的床上，而是客廳的暖桌裡，像烏龜一樣縮起手腳……

即使是愛睏的腦袋也能立刻回想起原因。

依照協議的結果，咲太房間多鋪了一組備用的被褥，提供給麻衣與翔子使用。

「好了，起來吧。」

麻衣進一步抓住咲太的肩膀搖晃。

「沒有早安的親親，我就起不來。」

這是個好機會，總之先撒嬌。

「啊，是喔。那我自己去上學了。」

說來遺憾，麻衣很乾脆地收手。真希望她至少說句「再不起來就踩你喔」然後真的踩下去，而且要用力一點……

「既然這樣，早安的親親就由我來吧。」

這時傳來另一個聲音，某人的氣息來到另一邊。即使咲太閉著雙眼，也知道某人的影子覆蓋在身上。眼皮另一側變暗，某人的體溫靠了過來。

做這種事的人當然是翔子。大翔子。

「翔子小姐不行。」

咲太半睜開眼睛一看，發現麻衣委婉地推開翔子。她們兩人像是要夾住咲太從暖桌露出來的頭一樣跪坐在兩側。麻衣在右邊，翔子在左邊。

「昨天討論之後，妳不是接受我們同居了嗎？」

翔子泰然自若地這麼說。

這番話不是謊言，昨晚確實討論過。首先，咲太將小翔子對他說的「未來規劃」告訴麻衣與翔子，不只如此，還交換意見決定要怎麼做。

會議從花楓入睡的晚上十點開始，持續到凌晨三點。結果正如翔子所說，麻衣在最後讓步：

「知道了。到同居為止我都接受，接下來的事，觀察一陣子再說。」

會這麼決定都是為了解決小翔子所引發的思春期症候群。即使是以「思春期症候群」這種神奇的形式呈現，麻衣應該也想讓罹患重症的小翔子體驗一下長大的自己。咲太在這方面的心情也相同。

「我只接受到同居。」

「同居的男女，多少都會親一下。」

翔子面不改色地放話。確實是這樣沒錯，但咲太心想她在這種狀況下居然說得出這種中肯的論點，心臟太強了。

「或許是這樣吧，不過……」

麻衣支支吾吾，大概是想不到該說些什麼來反擊。

「所以早安的親親是可以的，沒問題吧？」

翔子再度作勢要吻咲太。不過在這之前……

「既然這樣，就由我來吧。」

麻衣說出這種話。她臉紅了，不知道是因為生氣、害羞還是不甘心……大概是全部混合的複雜情感吧。

這幾天，咲太看見麻衣許多新的一面。他心想「我的女友果然很可愛」，和麻衣四目相對。

「……」

「……咲太？」

總之，咲太靜靜閉上雙眼，像是什麼事都沒發生般呼呼大睡。腦袋立刻被輕拍一巴掌。

「好痛！」

「你明明醒來了吧？」

「我馬上就睡著，請等一下。」

「不准睡回籠覺。」

額頭挨了比剛才稍微用力的巴掌。

「呼～～」

「我真的生氣了喔。」

麻衣突然壓低音調，冷得結冰了。

「是，對不起。」

咲太從暖桌拉出身體，挺起上半身。背跟腰果然在痛，肩頸僵硬到不行。不只如此，全身關節都嘎吱作響。

總覺得身體有點虛弱。

「咲太小弟，你的臉好紅。」

「聽妳這麼說……」

麻衣從右邊；翔子從左邊觀察咲太的臉。

「感冒了？」

麻衣自然伸出手碰觸咲太的額頭。

「發燒了耶。」

她立刻發出有點為難的聲音。

「真的嗎？」

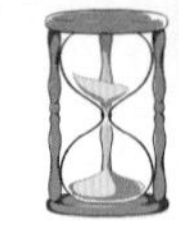

麻衣收回手之後，輪到翔子探出上半身，將自己的額頭貼在咲太的額頭上。

「翔……翔子小姐！」

麻衣發出抗議的哀號。

「啊，真的耶。」

翔子若無其事地回到原位。「真是的……」麻衣傻眼地說。

「因為我睡在暖桌裡啊。」

咲太假裝沒察覺麻衣的視線，如此回應。她們沒想過究竟是因為誰住進這個家，咲太才會睡在暖桌嗎？

「和我一起睡不就好了……」

翔子鼓起臉頰，講得好像是咲太的錯。麻衣也住進來了，咲太當然不可能這麼做。不，就算麻衣沒住進來也不可能。

自己的呼吸好熱。看來關節作痛並不全是因為暖桌的墊被太硬，是感冒的影響。咲太一起身，全身的虛弱感便一下子增加。

「原來不是夢……」

恍神的咲太身後傳來這個聲音。咲太只轉過頭往後方確認。花楓打開自己房門正要出來。

「花楓小妹，早安。」

「早安。」

麻衣與翔子的聲音重疊。

「早……早安。」

身穿睡衣的花楓貼著門，露出困惑的表情。但她還是低頭道早安，大概是認為必須表現出好的一面吧。

只是這份逞強也沒持續太久，她很快就像是求救般看向咲太。

「花楓早安。」

「嗯，早安。」

咲太現在腦袋不靈光，頂多只能這麼做。做哥哥的這麼不長進，真的很抱歉。

「看來，今天應該沒辦法上學了。」

「好像是。」

感覺自己的聲音在遠方。是從不同於以往的位置發出聲音嗎？不，當然不是。雖然也覺得像是耳朵在講話，但咲太可不想變成那種恐怖的生物。

「……真拿你沒辦法。好啦，站起來吧。要休息還是到房間比較好吧？」

咲太勉強自行起身。感覺身體輕飄飄的，腳步怪得可以。即使如此，也不會在住慣了的家裡迷路。

咲太一邊撐著牆壁一邊走回自己房間。

「啊，咲太，等一下。」

傳來麻衣制止的聲音，但咲太已經連站著都很難受，便趴倒在床上。扭身鑽進被窩就覺得好暖和，而且好香。

「床單跟枕頭套，我很快就換好。」

麻衣說著要拉咲太起來，但咲太已經動不了。

「好溫暖，就這樣比較好。而且好香……」

咲太意識朦朧地回應，隨即覺得趴著的腦袋從後面被輕拍一下。但他想趕快入睡，立刻將這個感覺忘掉。

「不准亂講話。」

逐漸落入夢鄉的意識理解到麻衣直到剛才都睡在這張床上。但咲太無法繼續思考了。他閉上眼睛，關閉知覺，讓自己什麼都聽不到，只想入睡，想盡快從身體的虛脫感解脫。

咲太睜開眼睛一看，熟悉的房間天花板俯視著他。

照亮窗簾外側的陽光將關上燈的室內染成黃昏般的色彩。

看向時鐘，時間剛過下午一點。戶外傳來非假日下午獨特的靜謐。在這個時段，附近的國中與國小都還在上課，住宅區的行人也比較少。此外，待在家裡會有點心神不寧。

身體還有點無力，但意識清醒了。

此時，房門緩緩從外側開啟。

「啊，吵醒你了？」

露臉的是翔子。她將門打開到只夠讓自己入內，從門縫鑽進來，輕聲關上門。

「我自己醒的。」

「身體感覺怎麼樣？」

「超差的。」

「既然講得出這種話，看來比今天早上好多了。」

翔子笑著走過來，坐在咲太坐著的床邊。

「麻衣小姐呢？」

「你第一個問題果然是問這個耶。」

「她有好好去上學嗎？」

咲太沒隨著翔子起舞，堅持進行自己的話題。

「她原本煩惱要不要請假照顧你，不過在還來得及上學的時間還是好好出門了。」

「這樣啊，太好了。花楓呢？」

「她在擔心你。」

「真是大驚小怪。」

只是感冒罷了。

「讓兩個女性住進家裡，當然會擔心。」

「原來是擔心這個啊……」

這確實讓人擔心。她應該很擔心吧。

「她正在和那須野玩。上午的時候，我們兩人幫牠洗澡了。」

「這麼說來，那須野有一段時間沒洗澡了。」

或許稍微洋溢野生的味道了。

「請放心，我用你傳授的洗貓法把牠洗得亮晶晶的。」

「那是什麼啊？」

「撿到疾風的時候，你不是教我怎麼幫貓洗澡嗎？」

「啊～～」

這是今年夏天發生的事。疾風寄養在這個家，小翔子每天都來照顧牠，練習怎麼餵食以及幫貓洗澡。

不過，咲太是和小翔子共度了這段時光，所以聽大翔子這麼說也沒有真實感。

兩人應該是同一個人沒錯，但是咲太很難把大翔子與小翔子視為同一人。

他和小翔子的關係是從今年夏天開始，和大翔子的關係要回溯到兩年前的那一天。咲太下意識認為這兩次邂逅是不同的記憶，即使刻意想畫一條線連結起來也不太容易。

而且關於大翔子，還有一些事情沒問清楚。或許現在是確認的好機會。

「翔子小姐。」

「什麼事？」

翔子的雙眼回眸俯視咲太。

「我想問一件事。」

重逢之後一直含糊帶過的事。

「三圍？」

「我對數字沒興趣。」

「重點在於形狀與觸感是吧，咲太小弟真是了不起。」

究竟哪裡了不起了？身體狀況不佳的現在，咲太沒力氣陪她拌嘴，決定趕快切入核心。

「現在在這裡的翔子小姐，是我兩年前在七里濱海岸認識的翔子小姐嗎？」

「……」

翔子沒回答，只是目不轉睛注視咲太。

「是我那天喜歡上的翔子小姐嗎？」

咲太換個方式再問一次。這麼一來，她應該就無法逃避了。

接著，翔子嘴角一笑。

「記得當時的你叛逆得恰到好處耶。」

「那還用說，陌生人厚臉皮地跑來搭話，當然會變成那種態度啊。」

「正如預料，這樣的咲太小弟長大後就變成這種彆扭的個性……或許我當時講錯話了。」

「這樣就好，我本來就是這種個性。」

「看來我果然講錯話了。」

「翔子小姐……」

「好了，請睡吧。」

翔子說完從床邊起身。

「當時真的謝謝妳。」

「……」

「翔子小姐救了當時的我。」

翔子轉身嫣然一笑。

「晚安。」

她溫柔地說了。

咲太聽話緩緩閉上雙眼。感覺得到剛才暫時啟程前往某處的睡魔又回到自己體內。意識逐漸靜靜地落入夢鄉。在這個時候……

「咲太小弟，得救的人是我喔。」

咲太聽到這個聲音。

然而，放開意識的咲太已經不知道這是夢還是現實。

咲太第二次清醒的時候，室內黑漆漆的。窗簾外側沒有陽光，相對的，房門下方的縫隙隱約透進走廊的燈光。

在這樣的黑暗中，咲太感受到他人的氣息。某人坐在床邊。

「翔子小姐？」

「真抱歉啊，是我。」

聽到的回應不是來自翔子。咲太的眼睛逐漸習慣黑暗之後，映入眼簾的是麻衣不悅的臉蛋。

「那個……」

「要解釋等你康復再說吧。畢竟白天應該是翔子小姐一直在照顧你。」

「沒那回事，我幾乎都在睡。」

在這個狀況下，這種事實沒什麼意義。

「好一點了嗎？」

麻衣一邊詢問一邊朝咲太的額頭伸出手。大概還在發燒吧，麻衣的手冰冰涼涼的好舒服。

「好像比白天退燒了？」

麻衣將另一隻手放在自己的額頭，比較雙手的感覺。總覺得這個姿勢很可愛。

「你應該沒辦法洗澡，至少換套衣服吧？」

「我懶得換……」

這樣就好……咲太原本想這麼說，但麻衣已經起身開燈，打開衣櫃。

她拿著換穿的上衣回到床邊。

「至少上衣換一件吧。我幫你。」

「那我自己換。要是傳染給妳就糟了。」

咲太伸手制止麻衣，表示自己來就好。

「不要。」

但麻衣如此回應。

「咦？」

「讓我做點女友會做的事吧。」

甚至以鬧彆扭的語氣講出這種話。

「妳平常都有做啊。」

「例如呢？」

「像是踩我的腳……」

「……」

看來說錯話了。麻衣的眼色變了，一副絕對要幫咲太換衣服的樣子。證據就是她的手抓住咲太上衣的衣襬。

「來，雙手舉高。」

咲太認為抵抗也沒用，便乖乖舉起雙手。上衣一口氣被拉起來脫掉。

大概是身體還沒恢復完全，一脫掉衣服就發抖。

「咲太，你那裡……」

麻衣將脫下的上衣簡單摺好，看向咲太的胸口。她的話語隱含驚訝與擔心的音色。

麻衣注視的是刻在咲太胸口的三條抓痕。以前看起來是舊傷的該處如今微微滲血，像是之前內出血般結痂。

「這是……」

咲太只在一瞬間思考如何搪塞，但是和麻衣四目相對之後就打消了念頭。因為他認為先把知

道的事情說出來才是不讓麻衣白操心的最好方法。

「『楓』出事的那一天又流血……現在是這種感覺。」

這恐怕是咲太內心痛楚反映在傷痕上的結果。開端是在兩年前。妹妹因為遭受霸凌而發生解離性障礙，咲太卻沒能拯救她，留下後悔的傷痕。咲太認為自己對於家庭逐漸破碎的心痛是以這種實際的形式呈現。應該是因為上週「楓」的那件事而復發了。

「不痛嗎？」

「現在不痛。」

出血的那一瞬間好痛。然而，不確定那是傷口的痛還是內心的痛。如今即使試著回憶也不得而知。

「這也是思春期症候群吧？」

「大概。」

「這樣啊……」

咲太知道麻衣將某些話語吞回肚子裡。不用刻意詢問，也可以想像她原本要說什麼。既然這些傷痕是兩年前沒能拯救花楓的後悔傷痕，在花楓回來的現在，即使痊癒應該也不奇怪。然而傷痕現在依然留在胸前，不只如此，甚至還惡化了。這樣「楓」沒辦法安心離開。為了讓咲太這次不會後悔，所以「楓」成為咲太的妹妹，將咲太塑造為實現妹妹心願的優秀哥哥。

「……」

「慢慢來就好。」

咲太低頭沉思，麻衣溫柔地這麼對他說。

「即使是內心的傷，也需要時間治癒吧？」

「說得也是。事到如今耍帥也沒用。」

「來，雙手再舉高一次。」

麻衣攤開乾淨的上衣如此催促，表情看起來挺愉快的，似乎是很高興能照顧咲太。

咲太也高興得不得了，但是這樣撒嬌不太妙。

「接下來我自己來吧。」

咲太從麻衣手中搶過上衣。

「不行。」

麻衣說著想要搶回來。

「不，真的不要緊了。麻衣小姐，謝謝妳。」

「平常明明會更想對我撒嬌，現在是怎樣？」

「我也很想，但還是不太好。」

麻衣眼中冒出疑問，大概是聽不懂咲太這番話的意思。

「要是被我傳染感冒，害妳工作開天窗，會給平常照顧妳的人們添麻煩。」

咲太一邊說一邊自己套上衣服。露出頭一看，發現麻衣緊閉著嘴盯著他。或許是生氣了。咲太瞬間這麼認為，然而不完全是如此。

「這……哎，是沒錯啦……不過這樣還好吧……」

麻衣如此辯解，不肯退讓。感覺像是還沒玩夠的孩子，缺乏說服力。

「麻衣小姐。」

所以咲太能夠拿出強硬一點的態度，帶著「不可以這樣」的意思叫她的名字。

「知道了啦……為什麼我要被罵啊？」

即使嘴角藏著不滿，表情看起來依然挺愉快的。

「總覺得好新奇。我好像有點心動耶。」

「感覺會上癮嗎？」

「偶爾這樣也不賴。」

麻衣惡作劇地笑了。

「趕快康復喔。畢竟下週就期末考了。」

麻衣說完起身，心情完全切換完畢，成為一如往常的麻衣。

「妳害我想起討厭的事情了。」

「那麼，晚安。」

麻衣走到門口，一邊關門一邊微微揮手。

「啊，麻衣小姐。」

「什麼事？」

「我想吃橘子罐頭。」

「……」

咲太突然這麼說，麻衣只在一瞬間愣住，但她立刻輕聲說：「在這方面還真囂張。」

「知道了，我買給你吃。」

這次麻衣真的輕輕關上門。

室內迎來寂靜。沒人說話之後，咲太後知後覺地聽到客廳隱約傳來電視的聲音。不知道花楓與翔子在看什麼節目。咲太遠遠聽著這個聲音，覺得感冒也不是壞事。

3

走出電車就聞到海的味道。

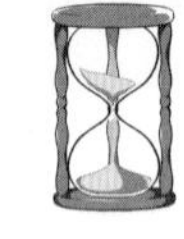

「莫名覺得安心耶。」

小小車站的月臺，早晨擠滿了峰原高中的學生。週三前往金澤、週四感冒休養……明明才兩天沒上學，七里濱站帶著潮水味的空氣卻神奇地令咲太感到懷念。

今天是十二月五日，星期五。

咲太這週原本想拿感冒當理由請假，等到下週一再上學就好，今天早上起床卻發現完全康復了。他姑且努力假裝還在發燒想偷懶，但麻衣輕易就看穿這個謊。

「蹩腳戲就免了，既然康復了就換衣服吧。」

演技從童星時代就獲得好評的櫻島麻衣這麼說，咲太只能率直地說「是，對不起」道歉。

學生們依序在簡易驗票機感應月票，咲太也排隊走出車站。身穿同款制服的學生們隨意魚貫連成一串，走向已經看得見的學校。走過一座短橋再穿越平交道，校門就在不遠處。

部分學生一邊和同學聊天一邊進入學校，有學生向社團學長姊問好，也有學生一邊滑手機一邊獨自前進……

一切都如同例行公事般重複的早晨日常風景。世間一如往常，今天也正常運作。最近大家最關心的只有下週即將到來的期末考。

在這之中，應該沒有學生正讓初戀女生住在家裡吧。更不可能有學生讓正在交往的女友也一起住進來。

「平凡真美妙啊。」

「這是在諷刺誰？」

走在身旁的麻衣狠狠瞪過來。

「千萬別說諷刺，小的不敢。」

「啊，對了，咲太。」

「什麼事？」

「午休的時候，來三樓的空教室。」

「麻衣小姐要對我進行祕密課程？」

「只是很普通地教你功課。畢竟快考試了。」

麻衣消遣般說。

「平凡真美妙耶。」

麻衣對此沒有多說什麼。

到了週末，這次是將地點轉移到咲太家，和麻衣開讀書會。不過正確來說，應該是教咲太功課的聚會……

和香也加入聚會，即使嘴裡抱怨，依然教咲太功課。一反花俏的外表，只要咲太發問，她都

會仔細說明，所以感覺很有趣。

令人意外的是翔子。她在麻衣與和香休息時來到房間，教咲太數學跟物理。

「原來翔子小姐會念書啊。」

小翔子應該解不了這種問題。她才國一，所以當然解不了。大翔子出手則是迎刃而解。

「那當然，因為我的設定是女大學生。」

「這個設定，我也好想要喔。」

多虧三名各有特色的女家教，十二月八日星期一開始的期末考，咲太忙著填滿答案卷的欄位。如果不知道怎麼解題，考試很快就會結束，但只要知道就得全部解答，所以很花時間。咲太甚至沒空打瞌睡，睡眠有點不足。

回過神來，如此充實的考試週也來到最後一天。

最後一科是物理。某些學生已經放棄了。咲太不時感受著這股氣息，在答案卷欄位大致填滿時，考試結束的鐘聲在教室響起。

「終於結束了嗎……」

只要動腦，腦子就會累，腦子一累就會身心無力。

無視累得趴在桌上的咲太，二年一班的教室頓時熱鬧起來。「考完了～～」「去玩吧～～」「就某方面來說是完了……」「我們去海邊吧，海邊！」「笨蛋，外面很冷啦！」等等，眾人各自發表意見。

這股喧囂的氣氛直到放學前的班會開始都沒有平息的徵兆。班導大概也認為只有今天無妨，或是認為警告也沒用，就沒特別說什麼嚴厲的話。

「寒假當前，別因為樂昏頭就受傷了啊。」

班導只留下這句令人感恩的忠告就早早結束班會。

教室裡更加喧鬧，走廊也傳來吵鬧聲，看來有別的班級先開完班會了。

考完試的慶功心情。可以的話，咲太也想和麻衣約會，但麻衣說下午要拍時尚雜誌的照片。她考完就立刻離開學校，應該已經前往東京都內的攝影棚。

考試結束，沒必要帶回家的課本全部收進抽屜。咲太闔上清空的書包，不經意看向依然喧鬧的教室。

教室從「讀書」這個束縛解脫，再也沒有緊張感。每次到期末考最後一天都是這種感覺。反覆上演的平凡日常一角，看在咲太眼中帶點無情的要素。

「……」

他想起某個國中生。想起小翔子。

翔子的住院生活持續到現在。在考試期間，即使時間很短，咲太也每天去探視，從不缺席。

隨著日子一天天過去，他實際體認到那天感受到的不安不是自己多心了。

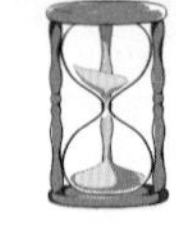

——或許不太樂觀。

事實上，翔子與翔子的病房在這週明顯變樣。翔子開始打點滴，也經常使用呼吸器，床邊設置沒看過的大型醫療機器。

某些日子，翔子的臉或手腳會浮腫，氣色也大不相同。咲太看著這樣的翔子，總是在腦中某處尋找正確答案。但到最後找不到，便避免正視這個思考，只能假裝若無其事繼續陪翔子說話。

「喔，找到了、找到了。咲太。」

熟悉的聲音這麼呼喚，咲太回過神來。進入教室的是咲太少數朋友之一——國見佑真。他很快來到咲太座位前方。

「什麼嘛，原來是國見。我沒事要找你啊。」

「我有事要找你。週日的打工可以幫我代班嗎？」

「你要和女朋友約會？」

佑真交往的對象是和咲太同樣就讀二年一班，在班上處於領導地位的女學生，叫作上里沙希。隱約看得見她的身影站在走廊門口。流行的髮型、流行的妝容。即使在這種冬天，裙子也是流行的長度，當然沒穿褲襪，所以咲太看了都覺得冷。不只是沙希，女生大多是這樣……在校內明明可以穿件運動褲，堅持走在流行尖端的女高中生也好辛苦。

「是社團突然排了練習賽啦。」

「這樣啊，好吧。」

「……」

咲太明明答應代班了，佑真卻不知為何詫異地看向咲太。

「我拒絕比較好嗎？」

「你願意代班真的幫了大忙。」

「不然是怎樣？」

「我才要問你，發生了什麼事嗎？」

「啊？」

「你今天心情是不是很差？」

「哪有……不，你真厲害。」

咲太一度想蒙混過去，但是在佑真開口指摘的時間點，蒙混就已經沒有意義。如此心想的他立刻打消念頭。

「該怎麼說……」

這不是需要盯著對方說明的事，咲太不經意看向教室內。現在依然約有三分之一的學生留下來，似乎在討論放學後的計畫。

「我明明沒意願要成為高中生，卻成為高中生了。」

「我也一樣，而且說起來，所有人都是這樣吧？」

「嘿咻！」佑真發出聲音，側坐在咲太的桌上。

「是有關牧之原小妹的事嗎？」

佑真心不在焉地看著走廊，很乾脆地切入核心。

「你真清楚耶。」

「我當然會知道啊。」

佑真也認識小翔子。約一個月前的峰原高中校慶，他就見過來玩的翔子。當時佑真請翔子幫忙校花選美的一些雜事，所以兩人對彼此印象深刻。

「聽說你每天都去看她。」

「國見，你前天也和雙葉一起去了吧？我是聽牧之原小妹說的。」

「要回家時在車站遇到雙葉，聊到這件事之後，哎，就順其自然去看她了。」

佑真聲音聽來有點感慨，大概是回想起翔子在病床上的模樣吧。

校慶那時候，翔子真的充滿活力，身體狀況看來不錯。相較於當時的記憶，如今小翔子的身體看起來應該變得更嬌小了……

即使是每天去探望的咲太都感受到前一天與今天的差異。從金澤回來當天感受到的不安與日俱增，而且是確實增加。這份不安引來焦躁，對於自己的無能為力感到焦躁……

而且，這份不安與焦躁會突然在其他地方爆發。正因為身處於平凡的日常，所以更強烈意識到無法置身其中的翔子。

對咲太來說，現在面前喧鬧的放學後的教室光景毫無價值。但是會認為這幅風景毫無價值，或許正反映出自己健康生長的寶貴價值。因為過於理所當然，覺得所有人都擁有這份日常，所以咲太至今都沒察覺可貴之處。

「咲太，你做得很好。能做的事情都做了。」

「我只是去探望她啦。」

咲太自己都覺得語氣很冷淡。

「牧之原小妹一直在聊你喔。咲太先生送了伴手禮；咲太先生昨天也來看我……老是把『咲太先生』掛在嘴邊。」

「……」

「她那麼開心地聊你的事，可見你已經給她很多了吧？」

「給了什麼？」

「不要明知故問。」

佑真使勁跳下書桌。

「那我去社團活動了。週日打工拜託了。」

「啊，我忘了。」

「別忘了啦。」

佑真哈哈大笑離開教室，在走廊跟女友上里沙希說話。沙希開心地笑，臉頰像是有點害羞般變紅。看來佑真也給了沙希「某些東西」。

「『給』嗎……」

咲太知道佑真想說什麼。開心、快樂，或是想要一直這樣，給予對方幸福的感受。日本人很少使用這個詞，但世上將這份情感稱為「愛」或「愛情」。咲太實在不認為自己能給別人這麼偉大的東西。雖然不認為，卻希望自己在身邊重要的人心目中是這樣的人。

咲太回想起扶持他至今的話語。

兩年前，女高中生翔子說的那段話。

——咲太小弟，我認為啊，人生是為了變溫柔而存在。

她所說的，或許就是這個意思吧。

「翔子小姐真厲害……高二就達到這種境地了。」

咲太也高二了，和當時的翔子同年。咲太怎麼也不認為自己能和當時的翔子做出相同的事。突然向陌生國中生搭話挺危險的，或許會被懷疑是變態。實際上，咲太就曾經因為對迷路的四歲孩童搭話，而被可愛的高中女生踢屁股。

想著想著，胸口忽然感到刺痛。緩緩冒汗的觸感。在不好的預感驅使之下，咲太解開襯衫的兩顆鈕釦，窺視胸口。

他看見三條傷痕。傷痕微微滲血。

「這個，會在聖誕節之前癒合吧……」

在金澤和麻衣做的約定要是實現，應該會收到令人開心的禮物……但在這種狀況下無法安心地卿卿我我，應該說可能會在意得無暇做這種事。

「說真的，拜託了。」

「梓川，你在做什麼？」

咲太從襯衫露出臉一看，發現身穿白袍的女學生站在面前。挽起的頭髮與知性的眼鏡，眼神隱含輕蔑的神色。

「這是現在流行的玩法？」

「雙葉，妳來得正好。」

「我可不幫你喔。」

「這不是什麼玩法啦。」

「不提這個，拿去。」

理央面不改色，將她的手機塞給咲太。

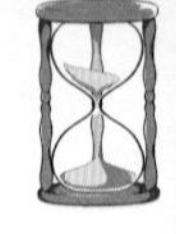

「啊？」

因為過於突然，咲太一頭霧水。

「接了就知道。」

「接什麼？」

「電話。」

螢幕顯示「通話中」，而且顯示的是咲太熟悉的號碼。這是當然的，這是咲太住的地方的號碼，也就是從自家打來的電話。

「喂？」

總之，咲太先試著接電話。

『啊，是咲太小弟嗎？』

「嗯，是咲太小弟。」

『猜猜我是誰？』

「會問這種令人煩躁的問題的人，只要有翔子小姐一個人就夠了。」

『原來你還在學校啊，幸好聯絡上你了。請幫我向雙葉小姐道謝。』

「所以，有什麼事？」

什麼事必須在回家之前聯絡？還不惜特地拜託理央。

『今天，我要你和我約會。』

「不要。」

『你這麼怕麻衣小姐？』

挑釁的語氣。

「沒錯。」

咲太泰然自若地回應。

『咲太小弟真的不想讓麻衣小姐不高興耶。』

「沒錯。」

要否定也很麻煩，所以咲太坦率地接受翔子的說法。

『不過，這場約會也是為了麻衣小姐喔。』

聲音相當裝模作樣。她在引誘咲太。

「答應約會的話，思春期症候群就會消除，翔子小姐也會升天嗎？」

『沒錯。』

咲太開玩笑地這麼說，但似乎正是如此。

「如果是假的，我會生氣喔。」

『請在學校多待一下。三十分鐘後在七里濱停車場的夏威夷咖啡廳前面會合吧。』

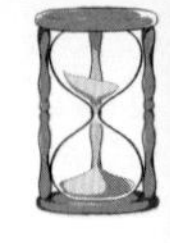

翔子無視咲太的心情，擅自說下去。

「夏威夷咖啡廳？」

咲太第一次說出這個詞。他不知道這是指哪間店。

「結束營業的那間速食店，春天要開一間夏威夷咖啡廳，所以是那裡吧？」

理央如此告知。不知道是翔子的聲音大還是手機音量的問題，她完全將對話聽在耳裡。

「那裡啊，我知道了。」

『那麼，待會兒見。』

翔子留下愉快的笑聲掛了電話。

咲太觸摸結束通話的圖示，將手機還給理央。理央接過手機，欲言又止般看著咲太。

「麻衣小姐那邊由我自己說，所以拜託妳別說。」

「我什麼話都沒說耶。」

「妳在用看垃圾的眼神看我吧？」

「我一直都是用這種眼神看你。」

「這就某方面來說還真狠。」

理央的眼神依然欲言又止。

「還有什麼事嗎？」

「不是什麼大不了的事。」

「那反倒是說一下吧？」

「不，還是算了。」

「聽妳講到這種程度，我超在意的，晚上會睡不著。」

「我要是說了，你會更睡不著喔。」

理央的眼神沒有虛假，蘊含嚴肅的光芒。不過正因如此，咲太的回應只有一個。

「感覺要是沒問清楚，我才真的會在意。」

理央靜靜呼出一口氣，然後從咲太身上移開視線。

「梓川，你把翔子小姐當成什麼人？」

她問了。

「居然問我這種問題……算是我的初戀情人。」

即使現在和麻衣交往，事到如今，這也是無從改變的事實。

「我不是這個意思。」

「嗯？」

咲太聽不懂理央想說什麼。

「我換個問法吧。你覺得翔子小姐究竟是什麼人？」

「是牧之原翔子吧？」

應該只有這個答案。

「我分成兩人的時候，兩個雙葉理央都是雙葉理央，我甚至能自覺另一個我是我。」

「哎，說得也是。」

咲太記得自己看到當時的兩個理央，也不認為其中一人是假的，只認為兩人都是真的。一種非常奇妙的感覺襲擊著他。

相較之下，咲太對「牧之原小妹」與「翔子小姐」的印象截然不同，反倒無法將兩人視為同一人。

咲太感覺稍微理解理央想說什麼了。應該是對這種突兀感有什麼想法吧。

「翔子小姐是翔子小妹夢想的未來模樣。若是接受這一點，那麼不知道翔子小姐是怎麼認知自己的。」

理央這番話是對咲太說的，但恐怕並不要求咲太回應，只是將自己心中的模糊疑問說出口，才變成這種說法。

「現在位於這裡的梓川人格，我認為是梓川累積到這一瞬間的時間與經驗……也就是蓄積記憶所形成的。」

「應該吧……」

這番話帶著真實感，咲太可以接受。記憶與人格，兩者具備密切的關係，咲太透過花楓的解離性障礙非常清楚地明白這件事。「花楓」失去記憶，產生「楓」的人格；相對的，「花楓」回復記憶，「楓」的人格就消失。那天到現在還沒過多久，包含情感在內，咲太都記得清清楚楚。

「按照這個道理，我在想，支撐翔子小姐的究竟是何種記憶。如果相信翔子小姐的說法，那她是十九歲吧？和國一的翔子小妹差了六七歲。」

「不能只解釋成是她夢想的未來的自己嗎？」

「在這種狀況下，你認為空白的六七年的記憶怎麼了？」

理央反問。這個問題非常難回答，但足以理解理央想說的意思。記憶的蓄積打造出人格。這個話題剛剛才討論過。

「總不能完全空白或是只有零碎的記憶是吧……」

「假設真的空白，我認為就某方面來說，確實會變成這種態度。」

「花楓」與「楓」那時候正是如此，兩人因為記憶連接不上而感到困惑。不過，從翔子的態度感受不到困惑或曖昧。畢竟她講話都很實在，不只如此，咲太就是被她具備說服力的成熟言行拯救，而且還兩次……

首先回想起來的果然是那番話……

——為了達到「溫柔」這個目標，我努力活在今天。

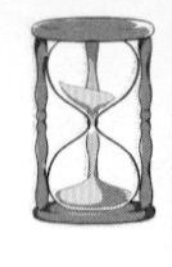

究竟要經歷過什麼事才說得出這樣的話？

——希望今天的我是比昨天溫柔一點的人。我抱著這個願望過生活。

究竟要經歷過什麼事才能擁有「溫暖」，能像當時那樣溫暖包覆受傷的人？

「所以雙葉，妳對這個疑問的見解是？」

「……」

「妳有某些想法吧？」

不然的話，咲太認為理央根本不會提這個話題。

「我認為這是我自己荒唐的妄想。」

聲音小得像是在呢喃。

「就算這樣，我還是想到唯一的可能性。」

「什麼可能性？」

「如果這是真的，那麼翔子小姐就對我們隱瞞了一個天大的祕密。」

理央嚴肅的目光射穿咲太。

「我認為啊，被女生騙還能保持笑容才叫好男人。」

理央一副傻眼的表情皮笑肉不笑。但她立刻繃緊表情，說起自己剛才不屑地宣稱是「妄想」的這個可能性。

4

長長的話題結束之後，理央說要去社團活動，所以兩人在鞋櫃前面道別。至少在考試最後一天的放學後可以休息一次吧？咲太如此心想，但理央例行公事般在只有一名社員的科學社致力進行活動。

咲太換鞋之後獨自走出校門。似乎有不少學生拖拖拉拉地留在學校，除了咲太，不時看得到其他踏上歸途的學生。

不過，也只到穿越平交道為止。

警鈴響起，有人說：「糟糕，電車來了。」幾乎所有學生都快步趕往車站，通往右方的橋樑另一邊。雖然看不到文字，但從橋的對岸也看得見七里濱站的綠色站牌。

在這樣的狀況中，只有咲太筆直沿著通往海邊的緩坡往下走，全身承受著帶有潮水味的海風。走到134號國道，等一個紅綠燈，前往指定的停車場會合。

面海的遼闊停車場。咲太往深處走去。在水上活動的旺季時擁擠得要排隊等車位的這裡，到

了十二月就只停了幾輛車，有種空曠的開放感。

沒看到翔子的身影。似乎還沒來。

看得到停車場中央有一座白色建築物，約一個月前還在營業的連鎖速食店後來大概是不景氣的關係而悽慘倒閉。面海的地理條件令人覺得是一間特別的店，所以倒閉真的很遺憾。

這個區域還有許多以海景為賣點的其他咖啡廳和餐廳，但高中生咲太能毫不拘謹地進入的只有這間店。咲太懾於周圍店家散發的時尚氣息，不敢以平常心光顧。

大門深鎖的速食店門口貼著兩張紙，一張是結束營業的問候，另一張則是預定春天要開張的夏威夷咖啡廳公告。看來是附近以鬆餅與炒蛋聞名的加盟店。換句話說，是和咲太無緣的時尚咖啡廳。

「咲太小弟，你已經到了啊。」

咲太聽到聲音轉身一看，翔子就站在身後。寬鬆毛衣與長裙，還加了一條披肩。冬季的沉穩配色。一反翔子充滿玩心的個性，感受得到簡樸又成熟的從容。

「難道說，你等很久了？」

「我等了三分鐘。」

「泡麵都泡好了耶。」

翔子說著毫無意義的話，仰望結束營業的速食店。結束營業至今應該還沒多久，但是建築物只要沒有使用，很快就會變老舊，真是神奇。

「還沒開啊。我打算在這裡吃午餐的耶。」

不過，大概是胃準備好了，翔子的肚子在這時候「咕～～」了一聲。

「這麼說來，花楓今天怎麼樣？」

咲太姑且假裝沒聽到。

「你不當一回事，我也會覺得不好意思。」

翔子微微臉紅，從下方瞪過來。

「剛才肚子叫得好大聲。」

「不可以對女生說這種話。」

不然是要怎樣？

「花楓小妹她啊，今天好像要把想看的書看完。其實我有邀她一起來，但她拒絕了。」

「從以前到現在，她決定看書的時候都是這種感覺，請別在意。」

花楓曾經強調自己看書習慣一口氣看完，所以回覆朋友郵件或簡訊時出了不少問題。

「啊，我做好她的午飯了，請放心。」

「既然放心，就趕快約會吧。」

「原來你等不及了。」

「我想趕快解決思春期症候群。不過前提是真的能解決。」

老實說，咲太不抱期待。他也把這個想法告訴翔子。

「那麼，我們走吧。」

翔子以笑容承受咲太的挖苦，帶頭踏出腳步。沿著134號國道往東。這個方向是往鎌倉的方向。

咲太在沿海道路和翔子並肩前進。他姑且選擇靠馬路的這一邊。察覺到這一點的翔子以眼睛一笑。

「要去哪裡？」

咲太在翔子多嘴之前詢問。

「到了就知道，敬請期待。」

「那我還是別期待好了。」

反正應該是在打某種鬼主意。翔子愉快的腳步只會激發咲太的戒心。

兩人前進的方向和距離最近的七里濱站完全相反，所以咲太以為目的地走路就能到。

不過，看來咲太自己誤會了。

翔子刻意走到下一站稻村崎站，若無其事地穿過驗票閘口，搭乘鎌倉方向的進站電車。

咲太每天通學所搭乘，車輛洋溢復古氣息的江之電。從藤澤開往鎌倉的電車，方向和咲太回家的路線相反。

兩人搭的是第一節車廂的最前面。翔子一上車就像孩童一樣貼在駕駛座的車窗上，咲太也站在她身旁。

起步的電車對咲太展現第一節車廂特有的景色。進逼的鐵軌、過於接近的兩側民宅。周圍的建築物很近，所以即使速度較慢，流逝的風景也具備神奇的魄力。

「那個，翔子小姐……」

「什麼事？」

「明明是搭電車，有必要多走一站嗎？」

從七里濱站搭車應該比較快。

「海邊散步也是約會的一環喔。約會請更正經一點。」

不知為何，反倒是咲太被罵了。

「只不過多走一站，我沒差就是了。」

兩站距離也不遠，所以不是需要抱怨的事。

「不然是怎樣？」

「翔子小姐，妳身體沒問題嗎？」

原本的翔子……小翔子身體欠佳，正在住院。而且就外行人看來，病情也不樂觀。只要待在病房，腳邊就會慢慢傳來沉重的氣息。

明明是這種狀況，真的可以認定這裡的翔子健康嗎？咲太抱持這個率直的疑問，以及由此而生的一絲不安。

「身體完全不成問題。換句話說就是沒問題。」

翔子一臉洋洋得意地轉身，大概自認講得很好吧。

「現在不需要耍寶。」

「我是想炒熱約會的氣氛耶……」

「既然這樣，請先消除我的不安吧？」

「真的沒事。罹患重病導致未來被封鎖的我，夢想著未來而召喚我前來，所以要是我依然生病就沒意義了吧？」

「哎，話是這麼說沒錯啦……」

「不過，謝謝你的關心。」

「不用客氣～～」

咲太看著正前方進逼的鐵軌，不帶情感地回應。

從稻村崎站上車的咲太與翔子在終點鎌倉站和許多乘客一起下車。

等待迴車的對向月臺上有許多人在等。約一半是觀光客，另一半是購物返家的當地人與放學的國高中生。

這次真的就是目的地了吧。鎌倉是約會一定會去的地點。

咲太如此心想，準備走出驗票閘口。

「轉車是往這裡喔。」

但翔子拉住他的手臂，帶他到轉搭橫須賀線的驗票閘口。

「要去哪裡？」

來到ＪＲ線的月臺時，咲太即使覺得問了也沒用，依然這麼問道。

「到了就知道，敬請期待。」

翔子像是在等這個問題等很久，重複剛才說過的這句話。

「唔哇～～超煩的。」

然後搭乘橫須賀線的電車約五分鐘，抵達下一站。

「就是這裡。」

翔子說完下車。這一站是從鎌倉站南下的逗子站。咲太第一次在這一站下車，有點心神不寧的感覺。

由於是陌生的城市，不知道有什麼東西。如今無法預測翔子的目的地了。

總之咲太試著環視周圍，但他立刻知道這個行動徒勞無功。

翔子走出驗票閘口，毫不猶豫地在站前的公車站牌排隊，搭乘繞過圓環進站的公車。

兩人並肩坐在雙人座。

「剛才妳說『就是這裡』對吧？」

咲太忍不住吐槽。不過在搭上公車的時間點，咲太就覺得不是這裡了……

「居然計較這種小事，咲太小弟幾時變得這麼小家子氣了？」

「應該是現在。」

「我又對咲太小弟造成影響了嗎～～」

從翔子的態度看不出任何反省的意思。咲太原本想追擊，但是在這之前……

「到了喔。」

面對咲太的這種心情，翔子搶先一步笑了。

下車的公車站牌寫著「森戶海岸」。

一下車，立刻感受到熟悉的潮水味，證明海就在附近。只是咲太對景色完全沒印象。無論往右看還是往左看，都是陌生的土地、陌生的街景。陌生的道路不知道通往何處。

相對於東張西望的咲太，翔子自然地踏出腳步。要是走散就麻煩了，所以咲太乖乖跟上。

「翔子小姐對這附近很熟？」

「嗯，算是吧。」

從這聲回應感受不到虛假，但是這種說法聽起來像是含糊帶過某些事……

似曾相似的街景連綿不絕。隱約覺得很像是從藤澤站搭江之電逐漸接近江之島站途中所見的景色。大概是外觀略具特色的別墅風格住家，以及掛著純白招牌充滿海邊氣息的店家讓咲太這麼認為吧。

路牌出現的路名看得到「葉山」兩個字。是在湘南區域也令人擅自想像是成年人城市的那個「葉山」，認定各種時尚咖啡廳與餐廳櫛比鱗次的「葉山」。實際上，這種區域應該到處都有，但是現在和翔子一起走的這個場所，比想像中的「葉山」平凡多了。

就只是一座陌生的城市。相較之下，和翔子一起走在這種陌生城市更令咲太有種不可思議的感覺，跳脫日常的印象更加強烈。

兩人行經標示為「森戶橋」的橋。往前走幾步路，在畫著海豚的圍牆處左轉，離開公車道進入小巷。

「說真的，要去哪裡？」

走了一陣子之後，咲太第三次問相同的問題，但他不期待得到答案。反正以翔子的個性來

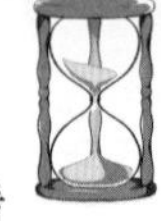

看，這次應該也會愉快地說「到了就知道，敬請期待」。明明咲太如此心想，但只有這次得到了不同的反應。

「這裡。」

翔子說了之後停下腳步。面前是紅磚色的建築物，大概有三層樓或四層樓高吧。周邊沒有高樓，所以就算只有這麼高，看起來也很大。

看來是座落於海邊，住宿設施與餐廳完備的度假飯店。

咲太只知道這些，完全不知道翔子為什麼要帶他來這種地方。

「一丁都不懂吶。」

走出這棟建築物的一對男女給了為難的咲太一個提示。兩人的年紀都是三十歲後半，是成年情侶。

「正如傳聞，好漂亮的教堂。就決定是這裡了。」

「我說你啊，到了這把年紀，還想讓我穿上婚紗辦婚禮？」

「但我認為妳的學生們會很樂意慶祝啊。」

「我最不想被那些傢伙看到。」

「不然，就我們兩人偷偷舉辦吧？」

「這樣才會更麻煩吧？那些傢伙放話說絕對要親自為我們辦一場婚禮……」

彼此擦身而過時，咲太聽到兩人這樣的對話。

他將視線移回翔子身上要求說明。

「那麼，我們走吧。」

翔子的回應是滿臉笑容，和已然憔悴的咲太成為對比。

──「免費參觀會」。

翔子在這張報名表上光明正大地寫下「梓川翔子」這個假名。

「要是留下我的痕跡，可能會給年幼的我添麻煩。」

咲太明明什麼都沒問，翔子卻主動告知理由。

完成簡單的報名程序之後，穿套裝的大姊姊來到咲太與翔子面前。年齡大約二十歲後半。

「感謝兩位本次參加我們的參觀會。敝姓市原，今天由我帶兩位參觀，請多指教。」

客氣又機敏的成熟問候，給人相當幹練的感覺。

「兩位是……」

但她來回看著咲太與翔子，早早就說不出話來。

若要參觀婚禮會場，這兩人怎麼看都太年輕了。直接從學校過來的咲太甚至穿著制服，市原小姐會為難也可說是理所當然。

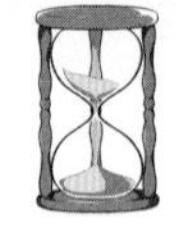

「我是來代替姊姊的男友。他突然有工作不能來。」

咲太面不改色地說謊。

「是的。我不太好意思自己過來，又覺得取消預約很可惜。」

完全沒有事先說好的翔子如此搭腔。

「這樣啊。兩位這麼年輕，我忍不住羨慕起來……這邊請，我為兩位帶路。」

市原小姐抱著資料夾，在走廊上前進。

兩人跟在她的身後。

「咲太小弟是騙子耶。」

翔子輕聲說。

「彼此彼此吧？」

咲太瞥向翔子與她互看。雖然只是無聊的奸計得逞，但是就某方面來說也莫名愉快。

兩人首先被帶到一樓的餐廳參觀。市原小姐說明這裡可以包場做為續攤的場所。婚禮菜色也提供簡單的試吃，所以全部吃了一輪。如此款待卻免費令咲太嚇了一跳，還沒吃午餐的空肚子光是這樣就足以填飽了。

上二樓是一間大廳，用來舉辦婚宴的會場。市原小姐也詳細說明賓客容納人數等細節。

然後，前往最上層的三樓。

市原小姐帶兩人來到一扇對開的門前。

「這裡是本次設施導覽行程的最後一站。」

她稍微賣關子地介紹。

「麻煩開門。」

市原小姐不知對誰這麼說完，對開的門便從內側開啟。

「哇啊……」

咲太身旁的翔子表露無法言喻的情感。

「……」

咲太也著實語塞。

映入眼簾的是藍白色教堂。從咲太與翔子腳邊筆直延伸的婚禮走道是玻璃材質，陽光從透明的天花板灑落，看起來彷彿鋪著波光粼粼的地毯。

走道盡頭是一大片落地窗，隔著玻璃的另一側是遼闊的海。從這個地方眺望，甚至會瞬間以為教堂浮在海面上。

「裡面請。」

在市原小姐的催促之下，翔子沿著走道前進。腳步蹣跚，彷彿迷路闖進夢中世界的少女。

咲太也刻意沒多說什麼。畢竟現在不是妨礙感動的場面，咲太自己也沉浸在進入夢境般的心情。這個空間就是如此夢幻。

剛才在入口擦身而過的情侶佩服地說「正如傳聞，好漂亮的教堂」，如今咲太也能認同。看過這裡之後，或許會想在這裡舉辦婚禮。

而且咲太理解到邀他約會的翔子那番話也不是謊言。小翔子沒寫下的未來規劃項目，同居之後是結婚。結為連理的願望不切實際，她才會抱著「至少感受一下氣氛」的心情，帶咲太來到這裡吧。

「要試穿禮服嗎？」

不久，市原小姐在後方詢問。轉身一看，門的兩側各站著一名職員。門剛才看起來像是自己打開，原來是這麼安排的。得知真相之後就沒什麼好奇怪的了。

「您說的禮服是……」

翔子沒回答，咲太代為反問。雖然這麼說，在這種環境提到「禮服」應該就是那個了。

「結婚禮服。」

「我想也是。」

「本次的參觀會，也可以試穿我們提供的部分婚紗。」

市原小姐將抱在懷裡的資料夾打開給兩人看。上面並排了幾張婚紗的樣品照。

「婚紗就……免了吧。」

翔子輕聲說了，消極的態度和咲太預料的完全相反。咲太還以為她會二話不說就拜託試穿，所以由衷感到意外。以翔子的個性，明明應該會問「你覺得哪件好？」捉弄咲太……

「不不不，試穿不是很好嗎？」

「可是……」

依然猶豫的翔子臉蛋稍微變紅了。不知道事到如今還在害臊什麼。

「我覺得這種設計很適合妳。」

咲太指向市原小姐展示的樣品照。露出雙肩卻維持清純氣息的純白婚紗。

「可是，還是……」

翔子又畏縮了。

「姊姊可以麻煩您打理嗎？」

咲太推著翔子的背，有點強硬地將她交給市原小姐。

「好的。那麼，這邊請。」

大概終究是認命了，翔子即使忿恨地轉身看向咲太，依然走到門外。她嘀咕著：「咲太小弟真強硬……」但咲太決定當作沒聽到。

「請弟弟在這裡稍待片刻。」

「知道了。」

獨自留在教堂的咲太坐在觀禮賓客坐的長椅最前排，思索「片刻」這個詞的意思。

依照咲太的感覺，這個詞是形容五到十分鐘的時間。但即使是經過二十分鐘的現在，翔子依然沒有要回來的徵兆，市原小姐也是離開之後就沒再回來過。

「國語好難啊。」

稍微想想就知道，挑選婚紗並且實際試穿，不可能五分鐘或十分鐘就完成。這時候所說的「片刻」即使放寬標準，應該也要三十分鐘左右吧。

「但願三十分鐘可以完成……」

如果是正式舉辦婚禮還要做妝髮，感覺得花更多時間。只希望別超過一小時。

思緒進入這種沒有出口的迷宮時……

「抱歉久等了。」

咲太的背後傳來聲音。是市原小姐的聲音。

結果，咲太等了超過三十分鐘，所以轉身想抱怨幾句。但他原本想說的話完全說不出口。

「……」

他呆呆張著嘴。

咲太的視野裡有一名純白的新娘。站在婚禮走道前端的是身穿婚紗的翔子。

「……」

咲太依然語塞。翔子注意著婚紗裙襬，一步步走向他。

翔子雙手捧著小小的花束。她沒戴平常在連續劇裡會看到的頭紗，所以能清楚看見她有點嬌羞的表情。大概是剛才也上了妝，臉頰畫了腮紅微微泛紅。長長的頭髮也編了辮子挽起，頸子到肩膀的美麗曲線暴露在外。

裸露的肌膚令咲太瞬間臉紅心跳。

婚紗布料輕盈地包覆胸口，腰部束緊，裙子如花朵般綻放，從腰間一口氣展開。玫瑰花瓣層層相疊般的厚實設計，清純卻亮麗。

等待翔子慢慢沿著婚禮走道前來的咲太完全是新郎的視角。

「……」

咲太直到最後都沒能先開口。

翔子也不發一語地走到咲太面前。

兩人站在發誓白頭偕老的地方。

「你嘴巴開著耶。」

翔子愉快地微笑。

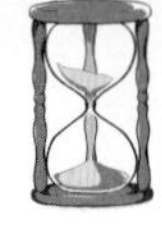

咲太先閉上嘴巴。

「不開口就沒辦法說感想了吧？」

翔子揚起嘴角露出得意的笑容。

「哎，花了三十分鐘這麼久，好歹也該有這種程度吧。」

咲太終於說出來的酸言酸語，也不敢看著翔子的眼睛說。這個狀況終究令他感到不好意思。婚紗的破壞力非比尋常，新娘妝也將翔子的表情襯托得更美麗。

「換句話說？」

「超漂亮的，嚇死我了。」

「不枉費我精挑細選給你看。」

翔子說完一笑，拉著咲太的手讓他轉身背對大海。

「翔子小姐，我會踩到婚紗啦。」

要是貿然踏出腳步，可能真的會踩到裙襬。

「來，請看看另一邊。」

翔子以視線朝婚禮走道示意，然後挽著咲太的手臂。上臂傳來柔軟的觸感。

咲太的視線反射性地往下移，看著翔子緊貼在他手臂的胸口。然後，他看到那裡的「某個東西」，身體一陣緊張。

「好了，咲太小弟，別想入非非，請看前面。」

咲太抬頭一看，發現市原小姐拿著拍立得相機。

「拍紀念照的服務，我也拜託她了。」

翔子開心地說完，將咲太挽得更緊。明明在換裝前那麼猶豫，穿上婚紗之後卻樂不可支。

「那要拍了。來，笑一個。」

響起「喀嚓」的快門聲。

市原小姐揮著印好的照片走過來。遞給咲太與翔子的時候，照片已經成像了。

「咲太小弟，你是死魚眼耶。」

相對的，翔子滿臉笑容，活潑的表情和穩重的婚紗成為對比。透露些許稚氣的這張笑臉真的是滿滿的幸福，幸福洋溢到只能如此形容。

只是咲太更在意另一件事，沒能跟著翔子一起笑。因為他剛才看到翔子胸口時，發現一個令他在意的東西……

「還可以再待一段時間，要離開的時候請說一聲。我就在門外。」

市原小姐恭敬地低頭致意，走出教堂。

如今這裡只剩咲太與翔子。

「……」

「……」

雙方都沒能立刻開口。

咲太想填補這段沉默般看向大海。翔子也跟著這麼做。

如果面前有神父，似乎可以發誓永遠相愛。現在就是這樣的狀況。

「免費的參觀會就能讓妳滿足嗎？」

「這要問年幼的我才知道。」

「其實就算不問，翔子小姐也知道吧？」

「……」

翔子不發一語，看著教堂外的遼闊大海。

「因為，妳胸前的傷……」

咲太毫無開場白就明講，因為他想不到別種說法。就在剛才……在拍照的時候，翔子挽著他的手，所以他看見了。從婚紗細微縫隙露出的雪白肌膚，看似柔軟的酥胸中央淡淡地拉出一條傷痕。咲太輕易就能想像這條傷痕的意義。這條痕跡就是如此明確，無須猶豫要出言確認。

「妳確實接受了移植手術啊。」

「嗯。」

翔子的語氣沒變，聽不出慌張、驚訝與焦急。她態度沉著，像是早就知道咲太會提到這個話

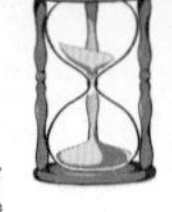

題。

所以在只有兩人的教堂裡，咲太得以抱持某種確信，說出依然不敢置信的話語。

「翔子小姐，妳來自未來吧？」

翔子只在瞬間為難似的拉下眉角，卻立刻像是無可奈何地嘆氣。接著她溫柔微笑，宛如承認咲太所說的一切。

牧之原翔子

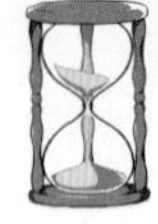

1

一切都是今天才聽到的。

咲太接受大翔子的約會邀請之後，理央對於小翔子發生的思春期症候群提出一個令人難以置信的見解。

時間倒回到短短三小時左右之前。

期末考剛結束的放學後教室。

「她或許來自未來。」

雙葉理央一臉正經地說。

這句話來得過於唐突。

「啊？」

自然地發自內心驚叫，咲太認為這也是理所當然的。不，實際上甚至還不到驚訝的程度，是對理央這句話沒有頭緒，反射性地反問。

「正確來說，或許應該形容她是抵達未來之後的模樣。」

即使換個說法，咲太也無法回應「原來如此」點頭同意。他沒能接受這個論點的大前提。

理央提到「未來」。首先應該確認「未來」這個詞的意思。至少如果以常理衡量，理央使用「未來」這個詞的方法是錯的。

「妳說的『未來』，和我知道的『未來』一樣嗎？是明年或後年的『未來』？」

可以的話，咲太希望理央否認，不然話題會朝著時光旅行的方向前進。

「沒錯。」

不知道理央是否了解咲太的困惑，她無情地肯定了。

「這樣啊……」

總之咲太只先在嘴上表示接受。要是在進入話題的時候卡住，應該得不到結論。

「所以，為什麼會變成這樣？」

還留在教室裡的女生小團體發出笑聲前往走廊。其他人都已經放學，所以二年一班的教室沒有別人，只有咲太與理央……

「妳說過吧？回到過去是很困難的一件事。」

「你居然記得。」

記得這是學妹古賀朋繪的思春期症候群發作，咲太被殃及時聽理央說明的事。咲太陷入同一天不斷重複的現象，理央對他說明「拉普拉斯的惡魔」這個理論。

「所以我剛才不就改口了?不是來自未來,是去了未來。」
「換句話說,就像小惡魔那樣模擬未來的光景?」
「那是掌握世界上所有物質的動量與位置情報,計算並且預知未來。這次的狀況並不適用,因為無法說明我們為何能夠認知『翔子小姐』與『翔子小妹』兩人。」
「那麼……」
「你知道『浦島效應』嗎?」
「如果是浦島太郎就知道。」
「如果你不知道浦島太郎,我打算立刻放棄說明。」
「出生在這個國家的人,有誰升上高中還不知道浦島太郎嗎?」
如果真有這種人,咲太想見他一面。不知道他是過著何種人生才會變成這樣。
「浦島太郎的故事大綱是?」
「因為救了烏龜,被邀請到龍宮城當作謝禮,玩樂幾天後回到地面發現已經過了幾十年,打開玉手盒之後就變成老頭子了。」
「重點在於『在龍宮城玩樂幾天後回到地面發現已經過了幾十年』這段……不過在物理世界,有個理論說明這個現象。」
「想到這種理論的是哪個傢伙?」

「愛因斯坦。」

「他是用什麼角度閱讀《浦島太郎》啊……」

不愧是天才，著眼點異於常人。

「並不是看過《浦島太郎》而激發的靈感啦。你好歹聽過『特殊相對論』這個名稱吧？畢竟升上高三之後就會學到這部分。」

「啊？妳說真的？」

咲太獲得了不能當作沒聽到的小道消息。

「雖然不是全部，但課本會提到一部分喔。」

「真不想升上高三……」

「在公立高中留級，就各種意義來說都很難熬吧？」

「我不是這個意思。」

咲太的意思比較像是《小飛俠》裡那座永遠長不大的夢幻島。理央沒察覺咲太這個願望，早早回到原本的話題。

「然後，依照這個特殊相對論，物質動得愈快，其所處線性時空的時間流動就愈慢。」

「……一丁都不懂吶。」

「也有實驗結果佐證……是用兩個極精密原子鐘進行的實驗……」

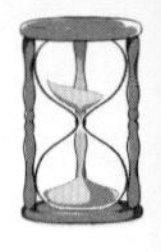

理央從制服口袋取出藍色與紅色的糖果包裝。大概是蘇打糖與水果糖。

「其中一個放在起點的地上……」

放在桌上的是藍色糖果。

「另一個從起點搭飛機繞地球一圈。」

紅色糖果繞桌子一圈，回到藍色糖果這裡。看來這兩顆糖果就是「極精密原子鐘」。

「這麼一來，你認為會變成什麼樣子？」

「如果妳剛才說的是真的，那麼飛機比較快，所以這個鐘會走得比較慢吧？」

咲太說著指向紅色糖果。

「沒錯。不過只慢了五十九奈秒。」

「那是幾秒？」

「一奈秒是十億分之一秒，所以是十億分之五十九秒。」

「這樣的話只是誤差吧……」

至少不是人類感受得到的時間。

「一開始強調『極精密原子鐘』就是要預防誤差，而且這五十九奈秒的延遲，也符合愛因斯坦所導出的方程式數字。」

「人要吃什麼東西才會想到這種事啊……」

咲太無論在搭飛機還是新幹線的時候，都沒想過時間的流動可能和外界不同，就這麼從未靈光乍現地活到今天。

「這我不知道。不過由此可以得知時間不是絕對的，是相對的。」

「我不懂。拜託讓所有人的一秒都是一秒吧，好麻煩。」

「梓川，你知道『一秒』的定義嗎？」

「將地球自轉一圈定義為二十四小時，一小時除以六十是一分鐘，而一分鐘除以六十就是一秒。」

「這是超過一個世紀之前的解釋。」

「啊？」

「現在的話，一秒是銫133原子基態的兩個超精細能階間躍遷對應輻射週期的九十一億九千兩百六十三萬一千七百七十倍。」

「麻煩再說一次。」

「一秒是銫133原子基態的兩個超精細能階間躍遷對應輻射週期的九十一億九千兩百六十三萬一千七百七十倍。」

聽兩次也完全裝不進腦袋。早期電玩遊戲的復活咒語還比較好記。

「……回到正題吧。妳說翔子小姐來自未來……更正，去過未來？為什麼變成這樣？」

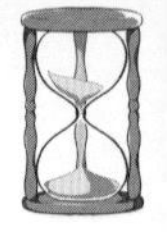

理央將桌上的糖果收回口袋，然後看向窗外。她在看七里濱的海。天氣很好，所以海面沐浴陽光，閃閃發亮。

「梓川，如果有人跟你說你活不到高中畢業，你會怎麼做？」

理央從物理話題改為問咲太這個問題。

「問我怎麼做……必須真的變成這樣才會知道。」

這個問題應該和翔子的境遇重疊，正因如此，咲太無法貿然回答。就算這麼說，他也不是想含糊帶過。必須變成這樣才會知道，這是咲太的真心話，也是事實。

「就你可以想像的範圍回答就好。」

看來理央無論如何都要咲太講講看。

「記得牧之原小妹說過，想讓爸媽看看長大的自己。」

翔子坐在床上的嬌小身影浮現在咲太腦海中。朝咲太露出無憂無慮笑容的小翔子。

「是啊。」

「我應該做不到這種事。應該會自顧不暇，不想長大成人吧。一直當個孩子，就這麼當個高中生就好，時間不要前進該有多好……」

「翔子小妹也確實有這種想法喔。」

「妳為什麼能這麼說？」

「前天我去探視翔子小妹的時候，大概是因為你不在吧……她難得說出了喪氣話。『要是身體就這樣不再成長就好了』這樣。」

「……」

「之所以沒寫未來規劃的後續，或許也是因為這種心態？」

「……大概吧。」

任何人都是這樣，無法總是積極樂觀，抱持希望活下去。有時候會受到不安的驅使而消極悲觀。翔子也不例外，並不是只筆直看著對於未來的希望度過每一天。

應該也會躺在病床上，夜裡獨自思索吧。要是就這樣沒能接受移植手術怎麼辦？要是自己的身體撐不到那一天怎麼辦？好怕，不想長大，明天最好不要來。會這麼想才比較自然。

「想長大成人的翔子小妹，以及拒絕長大成人的翔子小妹，我認為後者……不安心情的真面目就是翔子小姐。」

「嗯？一般來說，都是抱持希望的那一邊會成長吧？」

「如果真的相信未來，就沒必要急著獲得啊。」

「哎，說得也是。」

這個回答一針見血。

「然後，關於剛才提到的時間話題……」

「相對論的那個是吧？」

「翔子小妹拒絕長大成人，我想她總是拚命想阻止自己的時鐘指針前進。不願正視未來，縮起身體想阻止自己。」

「想阻止啊……」

「假設這麼做的結果，她眼中的世界真的變慢，一切都變成慢動作會如何？這樣的世界，如果由我們以及想要長大成人的翔子小妹所處的世界來看，相對來說會是什麼樣子？」

「呃，雙葉，等一下。」

咲太只知道結論。快的一方時間會變慢……他剛剛才聽完這個論點。但在這之前，一個大大的疑問就塞滿了他的腦袋。

「照妳這麼說，不就有兩個世界了？」

「我自認是這樣說明的啊。」

「就算妳面不改色這麼說……」

咲太不禁苦笑。

「我認為即使省略這道程序，如果是你應該也能懂。」

「不需要這麼看得起我。」

「那麼……」

理央說著再度從口袋取出兩顆糖果，放在桌上。這次是紫色與綠色，大概是紫葡萄與青葡萄口味。

「假設紫色是想要長大成人的翔子小妹，以及我們所見以正常速度運作的世界，綠色是不想長大成人的翔子小妹所見的慢動作世界……」

「『世界有兩個』是基本常識嗎？」

「依照解釋方式而定，也可以說有無限個喔。」

「真的假的……」

「你所見的世界不一定和我所見的世界相同。在微觀世界裡，粒子的位置是在實際觀測之後才首度從不確定狀態變成確定狀態。我之前也說明過這個性質吧？」

「我最喜歡的量子力學話題是吧？」

在實際觀測之前都是以機率的狀態存在，聽起來像是魔法。不過似乎是真的。要是將粒子置換為自己的身體思考，就會擔心輪廓是否會變得模糊而不安。不過當然沒這回事。

「假設紫色與綠色的世界有著足夠的速度差距，那麼在速度快的紫色世界觀看速度慢的綠色世界時，你認為會是什麼樣子？」

只要確實理解理央之前的授課內容，就可以輕易回答。

「綠色世界的時間走得比較快。」

「沒錯。換句話說，拒絕長大成人的翔子小妹……也就是翔子小姐，她所見的世界時間走得比較快，因此比我們先抵達未來。」

「是這種關係啊……」

咲太終於聽懂理央想說什麼了。

「不過，說起來挺諷刺的。」

明明拒絕長大成人，卻是這個翔子先到達未來……只能說何其諷刺。

「是啊。」

「所以，在綠色世界長大的翔子小姐，為什麼會跑到這邊的紫色世界？」

「我是為了說明才將兩個世界並排，不過依照機率上的解釋，兩個世界或許是混合交錯而存在。」

「混合交錯？」

「雖然看不見卻就在身邊。我這麼說的話，你聽得懂嗎？」

「……好像懂，又好像不懂。」

咲太不經意看向旁邊無人的座位。只是看不見、摸不到、無法認知，但那裡存在著另一個世界。理央說的就是這種感覺。

「這兩個世界之中，我們平常只認知到其中一個……不過，不知道是某種偶然還是必然，我們得以察覺到翔子小姐的存在。這就是現在的狀態。」

感覺還是似懂非懂。只是咲太並沒有尋求「理解原理」的意義，他想理解的反倒是接下來的事情。

「我還有一個問題。」

「什麼問題？」

「既然翔子小姐抵達了未來，那麼說起來，成為思春期症候群發作原因的不安心情應該消除了吧？畢竟知道自己可以成為高中生，也可以變成大學生了。」

只要不安消除，思春期症候群應該就會解除。這麼一來，大翔子就沒理由出現。

「這很難說。畢竟我認為不安並不是僅此一次，而且既然思春期症候群發作的人是『翔子小妹』，只要她不知道『翔子小姐』的存在，就算『翔子小姐』抵達未來也不會解決問題。這是另一種解釋。」

「說得也是。不過反過來說，只要跟她說這件事就會解決吧？」

既定的未來。小翔子最大的願望。這是一張能去除不安，通往未來的車票。

「應該吧。」

只不過為了交付這張車票，得先確認一件事。

「妳認為要怎麼證明這個假設？」

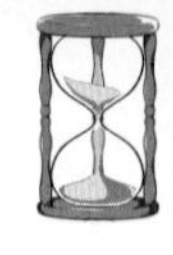

現階段，理央這番話都只不過是想像，沒有任何確切的根據。

即使真實是存在的，目前知道這件事的只有大翔子。然而不知道是什麼原因，大翔子完全沒說明這方面的事。咲太認為就算直接詢問她刻意隱瞞的事，她也不會老實回答。

會瞞著這麼重要的事，應該是基於相應的理由。

「梓川，你隨便編個理由，檢查翔子小姐的胸部就好。」

「啊？」

咲太發出脫線的聲音，因為理央這段話過於唐突。居然要求他檢查女性的胸部。

「如果翔子小姐真的是未來的翔子小妹，那麼在這裡……」

理央不改嚴肅表情，用手指朝自己的胸口……乳溝位置畫一條直線。

「應該會有移植手術的痕跡。」

「……」

翔子順利長大成人的唯一方法，移植手術。如果迴避這條路，注定無法成為高中生，也無法變成大學生。既然願望實現，代表她應該開過刀。

「那張『未來規劃』沒提到手術的事，翔子小妹講到想寫哪些項目的時候也沒提及……所以我認為只要有痕跡，就可以認定這個論點正確。翔子小姐不是翔子小妹夢想自己未來的樣子，而正是她自己未來的樣子。」

「呃，即使照道理是這樣，但還是由妳檢查胸部吧。」

「為什麼？」

「畢竟是女生。」

「你對女生的胸部比較感興趣吧？」

「這是難度的問題。」

女性對女性做可以被原諒，男性對女性做就變成犯罪的事屢見不鮮。

「而且，我認為你最好親眼看。」

「……」

「以你的個性，你只相信自己親眼所見的東西吧？」

理央以正經語調想結束這個話題。雖然理由始終抽象，但理央這番話具備說服力。她很懂咲太。雖然懂，但咲太希望她知道任何事只要出自她口中，咲太基本上都會相信。

「哎，知道了。所以我想諮詢一下，有什麼適合的理由可以讓女生願意給我看胸部？」

「她洗完澡的時候怎麼樣？」

「她會好好穿上睡衣。」

除此之外，翔子的服裝基本上鮮少露出肌膚。應該說，咲太覺得只看過她穿長袖衣物。

若是換個說法，或許可以說她避免讓別人看到肌膚。但很可能是咲太想太多了……

「不然，就在浴室裝針孔攝影機吧？」

理央似乎已經帶著輕蔑的視線瞧不起咲太了。大概是錯覺吧。

「如果我真的這麼做，妳會怎麼樣？」

「報警。」

「那妳為什麼要這樣提議？」

「不願意的話，就當面說服翔子小姐請她脫吧？你喜歡翔子小姐吧？」

理央隨口就語出驚人。眼神隱約像是在試探咲太。

要是這時候移開視線就輸了。

就算說謊，也只會遭受更進一步的批判吧。

所以咲太光明正大地宣布：

「喜歡。」

「喜歡她這個人？」

理央問得相當壞心眼。真希望她不要這麼乾脆地封鎖退路。即使如此，咲太也不願意保持沉默。

「是喜歡她這個女生。」

他不服輸地回嘴。

就算初戀沒有結果，咲太也沒有因此討厭起翔子。真的就讀峰原高中之後找不到翔子，不知如何宣洩的這份情感隨著時間逐漸平息，如此而已。並不是消失，也不是當成不存在。事實上，翔子像這樣出現在伸手可及的地方，使咲太回想起當時的心情。這無疑是現在所說的情感。

「這部分很像你的個性。我可以理解櫻島學姊為什麼會擔心了。」

「麻衣小姐應該早就看透了吧。」

就算這麼說，咲太要是否定自己對翔子的心意，麻衣應該會瞧不起咲太。畢竟麻衣知道翔子曾經成為咲太精神上的一大支柱，如果咲太沒理解到翔子的存在有多重要，麻衣還是不會對他有好感吧。

不過，若要問在情感層面上是否能得到麻衣原諒，麻衣當然不會原諒吧⋯⋯

怎麼想都很矛盾。不過這本來就是感性與理性攪和在一起的問題，所以也無可奈何。就咲太來看，現狀兩者都不是正確答案，不得已只好別偏袒任何一方，搖搖晃晃在正中央前進。這種維持平衡的道路有時候才是正確答案。

「還有，補充一點。」

「嗯？」

「如果翔子小姐真的是未來的翔子小妹本人，或許可以說明兩人個性的差異。」

「既然經歷過心臟移植手術，人生觀當然會變吧？」

而且原本看見終點的生命蠟燭，經過手術之後一下子變長，變成和大家一樣不知道幾年後才會燒完的普通蠟燭，在喜悅之餘也會同樣感覺到困惑吧。想法或心態有所變化也沒什麼好奇怪的，如果和手術前一樣反倒不自然。

「電視之類的媒體不時也會報導，接受移植手術的患者會出現捐贈者的記憶或個性。實際上，學者也發現人類內臟有掌管記憶的細胞。」

「那麼，故意不識相的那種個性，或許是捐贈者的影響？」

「這是一種可能性。如你所說，經歷攸關生死的手術而改變人生觀，這種想法比較普遍，我也這麼認為。」

所以這是一種可能性……理央再度強調之後，不經意轉身看向教室的時鐘。距離翔子所指定的會合時間還剩十分鐘。如果遲到，她可能會以此為理由提出強人所難的要求，所以差不多該出發了。

「回到最初的話題……翔子小姐大概有所隱瞞。」

「應該吧。如果真的知道未來，她當然知道牧之原小妹會得救，應該也會知道這次的思春期症候群會變得如何吧。」

即使如此，翔子卻一副一無所知的態度，對咲太他們說出其他見解。她在說謊，光明正大、泰然自若、面不改色地說謊。

「從善意的方向解釋，大概是像穿越小說那樣擔心未來被改寫吧……」

「以她那種個性，或許意外地只是心血來潮喔。」

「說得也是。」

理央像是能接受般回應，表情看起來卻一點都不相信自己的說法。然而，議論時間就此結束。看向時鐘，距離約定時間只剩七分鐘。

所以，咲太拿著書包起身。

接下來直接問當事人就好。

2

兩個人影在裊無人煙的海水浴場沙灘上緩緩前進。

沿著海岸線，逐漸留下相隔一段距離並行的腳印。

咲太與翔子參觀完婚禮會場之後，來到眼前所見的海——森戶海岸。並沒有由誰提議，而是自然朝海的方向走。

「……」

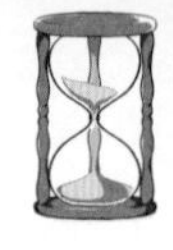

「……」

對話一中斷，兩人之間就逐漸填滿波濤聲。

比七里濱安分的嘈雜聲。明明同樣是海，表情卻大不相同。

「雙葉小姐真是了不起。」

翔子注視著海岸線，輕聲說出感想。

「我明明自認為沒給這麼多提示……」

「只要有一點不對勁，就會認為全都有問題，這就是雙葉。」

如果沒能漂亮地解出方程式就會認為某個地方出了錯，回到起點試著找出錯誤的地方。理央曾經自我分析過，自己的大腦幾乎是下意識如此運作，沒這麼做就會靜不下心。

「真是了不起。」

「對吧對吧？」

「為什麼咲太小弟一副被稱讚的樣子？」

「因為雙葉是我一輩子的好友。」

咲太挺起胸膛，翔子露出傻眼的表情。「真拿你沒辦法……」她輕聲說了。

「……」

「……」

「那個，咲太小弟……」

感覺這聲簡短的呼喚帶著些許猶豫，也感受到有點怯懦的視線。

「你生氣了？」

「沒有。」

咲太就這麼注視著前方冷淡地回應。

「雖然這麼說，但你從剛才就完全不看我。」

「我只是……」

咲太自以為保持平常心發出的聲音卻違反意願擅自中斷。鼻腔刺痛，話語哽在喉頭。從內心深處湧現的情感晚一拍如雪崩般撲來。

試圖對抗的咲太再度開口。

「我只是……」

然而，這次真的破音到無從掩飾，雖然沒流眼淚卻明顯哽咽了。

「……只是，鬆了口氣。」

咲太勉強忍住眼角的溫熱這麼說。他停下腳步筆直看著翔子，翔子也停下腳步看向咲太。

翔子就在面前。長長的頭髮隨著海風搖曳，她以雪白纖細的手指按住。表情看來似乎因為風勢而有些困擾，但是嘴角在笑，眼神好溫柔，不發一語地以雙眼守護著隨時可能哭出來的咲太。

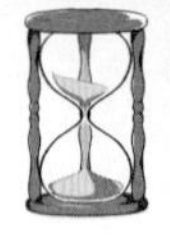

「牧之原小妹確實接受手術了吧？」

位於這裡的是未來的翔子，小翔子未來的模樣。

「是的。」

翔子緩緩點頭。

「確實成為高中生了吧？」

「正如你兩年前見到的那樣。」

「也變成大學生……逐漸成為大人了吧？」

「我看起來是國中一年級嗎？」

「要是有這麼老的國一女生，那會上新聞的。」

「這時候真希望你說我變得成熟又美麗耶。」

翔子鬧彆扭般噘起嘴。

「真的，太好了……」

大概是緊繃的弦斷了，咲太全身突然失去力氣，當場蹲下。看來小翔子的病情變化比他想像的更沉重地壓在自己心上。這個重量突然移除，使得他失去平衡。

「咲太小弟？」

翔子擔心地搭話。

「我只是放心了。」

身體無法好好使力。咲太難為情地笑了。

咲太後知後覺地體認到自己心中持續成長的不安有多大。或許他對小翔子的病懷抱起某種死心的念頭。

——或許不太樂觀。

那天植入的不安的小小種子，每當咲太對自己說「沒事的」就會成長，確實地發芽。不只如此，藤蔓還伸向咲太全身，試圖綁死他。

「時間會解決一切。」

「……」

咲太抬頭一看，翔子的笑容如同溫暖陽光籠罩著他。

「包括我小時候罹患的疾病。」

「……」

「還有我小時候的思春期症候群。」

翔子緩緩讓話語逐一成形。

「到了聖誕節結束那時候會好好解決。」

「意思是……」

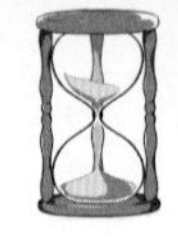

翔子靜靜地按著胸口。

「年幼的我即將接受移植手術，克服心臟病。」

「那麼，翔子小姐……」

「所以，我只能和你共處到聖誕節。」

只要疾病治好，小翔子就可以擺脫內心對於長大成人的不安。這麼一來，以此為原因發作的思春期症候群當然就會平息。翔子述說著這個道理。

翔子對依然蹲著的咲太伸出雙手。咲太抓住之後，翔子就用力拉他起來，像在證明自己身體健康。

「咲太小弟。」

「什麼事？」

「可以在最後給我一個回憶嗎？」

「怎樣的回憶？」

「初戀的回憶。」

翔子斷然回答。聽翔子說得這麼直接，咲太有點害羞，翔子也跟著有些臉紅。

「你為什麼害臊啊？」

「我只是興奮罷了。」

「別敷衍，好好回答我。」

要是就這樣轉移話題就好……咲太如此心想，但他太天真了。

「老實說，我不懂翔子小姐的這一面。」

「哪一面？」

明知故問。這種性格真棒。

「上次也是，在麻衣小姐面前……」

咲太正要說出來的時候察覺自己不小心多嘴了。他說到一半便打住。

「這麼說來，咲太小弟。」

翔子理所當然般露出回想起來的表情。

「什麼事？」

咲太先裝傻。他知道這是自己先開口的，事到如今無從迴避，但是可以的話還是想迴避這個話題。

「我還沒聽到。」

「聽到什麼？」

「回應。」

「什麼回應？」

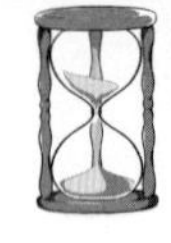

「表白的。」

「罪孽的？」

「愛情的。」

「……」

「咲太小弟真麻煩耶，你明明就知道。」

即使嘴上否定咲太的態度，但她應該很享受這樣的拌嘴。

「不知道。」

「滿嘴謊言。」

「我不知道翔子小姐為什麼喜歡我。」

「……」

翔子的眼神像是看見什麼神奇的生物，眼睛眨啊眨的。換個方式來說，就是「為什麼會不知道這麼簡單的事」的反應。

「我對翔子小姐心動的理由倒是很多。」

「比方說從後面抱住你，用胸部壓著你的背，對你說『來接吻吧』勾引你？」

「要是這麼做，國中男生馬上就會被攻陷。」

在那個年紀，光是坐在前面座位的可愛女生幫忙撿橡皮擦，就會在意起對方。

「可是，有別的嗎？」

「水平線和我的距離、喜歡的話語前三名……還有人生為了什麼而活，都是妳教我的。」

如今，咲太覺得可以理解翔子為何講那種話。即使隨時被死亡的不安追著跑，也因為移植心臟而得以將生命延續到未來。正因為經歷了這場大病，萬分感謝的心意才會在翔子內心萌芽吧。扶持她至今的父母與身邊的人，以及即使遭遇不幸的意外或罹患不治之症依然願意捐贈器官的當事人與家屬，他們的勇氣……令翔子懷抱非常非常感恩的心情……正因為籠罩在許多人的溫柔之中，翔子才講得出那樣的話。她得到的感受就是如此深刻。

在那一瞬間，或許完全不懂箇中意義，或許至今依然不懂。即使如此，只要回想就莫名想哭。如今咲太知道，那些話是從連結翔子生命的許多溫柔中誕生的。

「我讓咲太小弟成為男人了，是這個意思嗎？」

翔子刻意講得引人遐想。恐怕有一半是在掩飾害羞，另一半是在捉弄咲太。

「我不記得曾經讓翔子小姐變成女人喔。」

咲太姑且反擊。

「我收養疾風的契機是來自於你吧？」

翔子輕盈地躲開咲太的反擊，以正經的語調說。

「這種事……」

「與其向爸媽傳達『對不起』的心情，傳達『謝謝』以及『好喜歡』的心情比較好，這也是你教我的。」

「……」

「而且你完全不在意我生病，和我正常來往……在我覺得自己不行了，躺在病床上內心滿是不安的時候，每天來看我的也是你。」

「這是我唯一能做的事。」

「你每天來醫院，我真的好開心。到了放學時間，我總是心神不寧……從病房窗口找你，或是偷看走廊確認你來了沒……還有，我會照鏡子檢查髮型怪不怪，練習好好露出笑容……會因為氣色差而消沉，找媽媽商量是不是化妝就能掩飾……我逕自臉紅心跳，確實愛上了你。」

「……」

「不過，小時候的我還沒察覺這是戀愛。」

「既然這樣，這就不能由妳說出口吧？」

咲太想稍微變換話題方向而如此吐槽，但翔子只以雙眼露出笑意，暗示自己早已看透。簡直就像對剛才的咲太回擊，把這句吐槽完全當成耳邊風。

「到最後，我小時候的這段初戀就這麼留在心中，沒告訴任何人。」

「這真棘手啊。」

「我已經是大學生了，總不能一直被初戀拖累而交不到男友，所以請你好好負責。」

「但翔子小姐也害我被初戀拖累了好久。」

甚至為了追上翔子的腳步，決定報考的學校。這足以歸類為不堪回首的往事。

「你已經擅自找到新的女人克服這個障礙，這樣不就得了？」

翔子故意話中帶刺。

「那麼，妳說的回憶，是要我做什麼？」

「聖誕夜，請和我一起去看江之島的燈飾。」

這是小翔子之前說過想看的東西。對翔子來說，這大概是特別的景色吧，對小翔子與大翔子都是……對牧之原翔子來說，這是特別的地方。

「聖誕夜啊……」

咲太預料當天會有各種行程。麻衣那邊不用說，他也不能扔著花楓不管。

「沒問題喔。」

在咲太正要說出這些理由時，翔子投以看透未來的眼神。

「花楓小妹從二十三日開始，會到爺爺奶奶家住。」

咲太還沒聽過這種計畫。

「咲太小弟有一位出色的女友，所以妹妹貼心地這樣安排。」

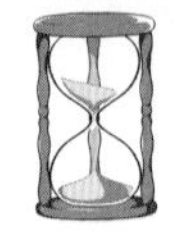

如果這個預言成真，就足以證明翔子來自未來。

「真是懂事的妹妹。」

但是，麻衣那邊的行程呢？果然是排滿工作無法和咲太共度？翔子抓準這一天如此邀約，或許是基於這種理由。

「別擔心，麻衣小姐傍晚之後沒有行程，請放心吧。」

翔子一反咲太的預料，以開朗的表情這麼說。

這確實是好消息，但狀況不就變得非常複雜？不，就某種意義來說，這狀況或許單純。

「要和我共度？還是要和麻衣小姐共度？請你決定要怎麼做吧。」

翔子有點落寞地微笑。所以咲太正確理解了翔子這時候講這件事的意圖。

「十二月二十四日晚上六點，我在弁天橋橋頭的龍形燈籠前面等。」

「翔子小姐，我……」

「不用刻意說出來沒關係的。即使如此，我還是會等。」

說完露出微笑的翔子已經是以往帶著惡作劇氣息的翔子了。

正因如此，咲太只能將後續想說的話吞回去。因為這是翔子的期望……咲太的回應就以二十四日的行動來表示吧。

當晚，咲太的父親打了一通電話過來。雖然對於咲太的異性交友狀況有許多意見，但正題是另一件事。打電話的主要用意，是爺爺奶奶想看看克服解離性障礙的花楓。這兩年來，爺爺奶奶也沒見過花楓。

因此從二十三日開始，花楓要到爺爺奶奶家住幾天。父親說這段期間也會回老家露面。

這是正如翔子預言的未來。

如此漂亮地說中，咲太終究感到驚訝，同時也冒出了確信。

「哥哥，我聖誕節的時候不在比較好吧？」

花楓還露出五味雜陳的表情這麼說。

妹妹如此貼心的這種進展也完全符合翔子的預言。

3

臨時和翔子約會的隔天……十二月十三日星期六，咲太打工到晚上九點，一回家就趕快洗完澡。

在浴缸裡一口氣消除一天的疲勞，再來只要向麻衣撒嬌被她教訓幾句就能補滿體力。但即使

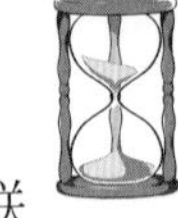

咲太出浴，麻衣也還沒回來。

咲太以毛巾擦頭髮，來到客廳。果然沒看到麻衣的身影。

「麻衣小姐還沒回來？」

咲太詢問窩在暖桌裡看電視的花楓。翔子和咲太交棒，現在在浴室裡。隱約傳來淋浴的聲音，聽得更清楚的是愉快的哼歌聲。

「嗯，還沒。」

麻衣一大早就出門拍電影，是去過金澤出外景的作品。似乎還有一些室內的場景沒拍，要在東京的攝影棚拍攝。

雖然這麼說，但夜已經深了。電視畫面右上方顯示的時間是十點十分。

花楓拿著遙控器隨便轉台。

「電視好看嗎？」

用毛巾擦完頭髮的咲太隨口問。

「很多人不認識，所以看不太懂。」

沒有這兩年的記憶，或許就是這麼回事。

花楓轉台到諧星的談話節目。最近開始走紅的搭檔剛好在表演段子，是節奏型的段子。

「這個，正在流行嗎？」

「他們常上電視，應該滿流行的吧？」

「要是在學校流行起來就麻煩了，因為我不太懂。」

花楓趴在暖桌上，只將臉朝向電視。

「也沒必要硬是去懂吧？」

「咦～～這樣會交不到朋友啦。」

「以妳的狀況，只要主打『身體是國三，心靈是國一』，就會受班上同學歡迎了。」

「就是因為煩惱這段差距，我才像這樣看電視學習啊。」

花楓忿恨不平地瞪向咲太。一點都不恐怖。她只是鼓起臉頰耍脾氣。

「很難在第三學期開學之前填補兩年的空窗期吧？」

現在，花楓正慢慢準備復學。已經透過父親聯絡校方，這週三放學後，駐校輔導老師友部美和子造訪了這個家。剛開始還是對「花楓」和「楓」之間的差異感到困惑，但還是和「花楓」互動，同時確立一個目標。

這個目標，是從第三學期第一天就去上學。

「所以我才在傷腦筋。」

「就說了，拿這件事當哏吧。」

「這樣會很顯眼啦。」

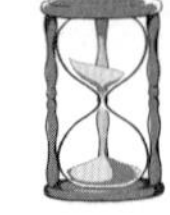

「反正妳是從三年級的第三學期才去上學，無論如何都會很顯眼。一開始就主動出擊的話，之後會比較輕鬆。」

「在保健室要對誰出擊？」

對國三學生來說，這個時期也即將面臨考季。由於顧慮到班上同學，所以調整成先到保健室上課開始。

「保健室如果有人，應該是保健老師吧。」

「哥哥，你太隨便了。」

花楓不滿地嘟起嘴，拿起桌上的鏡子從兩側確認自己的臉。她還沒接受自己兩年來的變化。

「看起來確實是國三嗎？」

「是吧？畢竟都長這麼大了。」

身高有一六三公分。發育得真好。

「大家看起來應該更成熟吧？」

電視節目進廣告了。咲太與花楓察覺是熟悉的聲音，視線一起被畫面吸引過去。畫面上的人是麻衣，這是手機公司的廣告，家人一起辦門號會比較便宜之類的。飾演高中生情侶的麻衣說著：「那麼，要成為家人嗎？」露出惡作劇的笑容。

咲太的心不禁被射穿，差點回答「要」。

花楓也一臉陶醉，看麻衣的笑容看到入迷。閃亮的雙眼隱含崇拜的光芒，發出「唔～～」的聲音摸著自己的辮子。

「花楓，我跟妳說喔。」

「什麼事？」

「我的麻衣小姐真可愛。」

「我還不敢相信她是哥哥的女朋友。」

「花楓，還有一件事。」

「什麼事？」

「醜小鴨長大也不會變天鵝。」

「那是當然的吧？」

看來這句話的意義沒有正確傳達給她。

「我想從笨拙的鴨子變成普通的鴨子。」

不，看來確實傳達給她了。花楓的手依然摸著自己的辮子。

「總之，換個髮型應該可行吧？」

花楓突然把手從頭髮上收回來。

「我摸頭髮不是這個意思……」

「我認識一個傢伙，明明國中時代土裡土氣，現在卻搖身一變成為時尚女高中生，廣受男生歡迎喔。」

咲太說的是學妹古賀朋繪。她之前唯一一次拿給咲太看的國中時代的照片，即使講得再客氣也很土，記得是掛著兩條充滿存在感卻不時尚的辮子。後來她改變髮型、學會化妝，後來真的變時尚了，咲太認為這份努力值得敬佩。花楓或許也有機會。

「去剪頭髮需要勇氣啦～～」

「去時尚髮廊的時候，進店裡之前的壓力確實不得了。」

「首先必須獲得能夠進入時尚髮廊的髮型。」

「要去哪裡獲得？」

「我也想知道。」

花楓嘆了口氣。三花貓那須野磨蹭背部，像是在激勵這樣的她。不，好像只是覺得癢。那須野在變暖的暖桌被子上縮成一團。

「總之，我幫妳剪短吧？畢竟以前都是我剪的。」

「楓」不敢外出，所以也沒辦法。

「……難怪兩邊長度不一樣。」

「不願意的話，就找麻衣小姐商量吧。不然可以拜託平常幫麻衣小姐做造型的髮型師。」

「我……我哪敢啦！我沒那種資格！」

「是嗎？」

「一定很貴耶。」

「就算貴，用我打工的薪水應該付得起吧？」

「要一萬圓喔，一萬圓。」

「如果這樣就能讓妳抱著自信上學，這算是小錢。」

「是……是嗎？」

花楓結結巴巴，再度用雙手摸自己的短辮子。看來她還沒下定決心換髮型。即使如此，在廣告播完，再度播映電視節目的時候……

「剪剪看吧……」

花楓輕聲說了。看來她為了踏出下一步，自己在內心糾結過。應該是想好好上學的心願成為心裡的支柱。她的手自然地放到胸前，大概是想到這兩年努力的另一個自己……想到「楓」的事吧。為了回應她的努力，花楓堅定地發誓自己要去上學。

「好，那我去拿剪刀。」

「我不要給哥哥剪啦～～左右會不整齊。」

花楓雙手抱頭防衛。不知為何，她抗拒到這種程度，咲太反而更想剪。

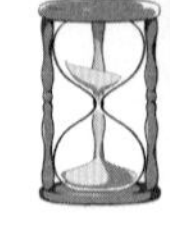

咲太打算真的去拿剪刀，突然介入的電話鈴聲卻打斷他的行動。是家裡電話的鈴聲。

小小的單色液晶畫面顯示090開頭的十一個數字。熟悉的號碼，咲太背下來的三個電話號碼之一。不是佑真的，也不是理央的。是麻衣的。

咲太拿起話筒移到耳際。

「喂，梓川家。」

『敝姓櫻島，請問咲太先生在嗎？』

麻衣明明早就知道接電話的是咲太，卻回以制式招呼語。大概是因為咲太先以不熟的態度接電話吧。

「冒昧請教一下，是哪位櫻島小姐呢？」

『是正在和咲太先生交往的櫻島。』

「麻衣小姐，怎麼了？」

『電影剛拍完，我還在攝影棚，應該會晚點回去。』

咲太不知道該怎麼幫這場官腔遊戲解套，便正常地詢問。

「大概幾點？」

現在已經晚上十點多，再過幾分鐘就十點半了。

『現在換好衣服離開，可能會超過十二點。』

「會搭經紀人小姐的車回來嗎？」

『電車應該比較快，所以我打算搭電車回去啊。』

麻衣這番話也是在問咲太為何問這種事。

「那麼，搭電車之前請再聯絡我一下。」

『為什麼？』

「我想去車站接妳。」

『我不是小孩子了，沒事的。』

「因為妳不是小孩子了，我才會擔心。」

『但我認為找你作伴最危險耶。』

「能夠成為嚮往已久的危險男生，我好榮幸。」

『是是是。不過，好吧。畢竟我有話想單獨跟你說，來接我吧。』

「妳想說什麼？」

『等等就知道了，敬請期待。』

「聽妳這麼說，我會很期待喔。」

『沒問題，因為我可以回應你的期待。』

得意的麻衣喉頭發出開心的笑聲。因為是講電話，所以笑聲全部傳入咲太耳中，咲太總覺得賺到了。

『那麼，我查過電車時間再打給你。』

「好的。麻衣小姐，拍片辛苦了。」

『謝謝。』

通話結束。直到最後都維持愉快的氣氛。

二十分鐘後，麻衣再度聯絡咲太。咲太得知電車會在十一點半之後抵達。

到了約定時間的十五分鐘前……

「那我出門了。」

咲太說著從暖桌起身。

「好的，路上小心。」

從暖桌旁仰望咲太的是翔子。坐在旁邊的花楓已經躺下睡著了。咲太剛才吩咐她要睡的話回房間上床去睡，不過……

「我想和麻衣小姐商量事情……」

花楓大約五分鐘前才宣稱要熬夜，看來是想在決心軟化前諮詢有關髮型的事。她直到剛才都在和翔子討論髮型改成哪種感覺比較好。

「咦～～哥哥，你回來了？」

眼睛看起來完全是睡昏頭了。

「噢，妳醒啦？」

「我沒睡啊……」

不，怎麼看都睡著了，幾乎已經進入夢鄉。說起來，咲太別說回來，甚至還沒出門。但他覺得妹妹態度正積極，這時候插嘴的話就不識趣了。

「我現在去接她。」

咲太只留下這句話就出門了。

走出公寓，夜晚的冷風令身體發抖。人煙稀少的住宅區有種獨特的靜謐。受到寒冷的影響，咲太在這樣的靜謐中快步前往車站。

本應熟悉的藤澤站站前，因為聖誕節將近，對咲太展現不同於以往的樣貌。

明明距離正式開始還有十天以上，站前的裝飾與燈飾卻已經是聖誕節當天的亮麗。

咲太違抗趕著回家的人潮，在ＪＲ驗票閘口不遠處的置物櫃前面停下腳步。打造回憶的置物櫃；當初認識麻衣時，麻衣存放兔女郎服裝的置物櫃。兔女郎服裝如今放在咲太房間的衣櫃裡保管。這麼說來，最近麻衣完全不肯穿它。

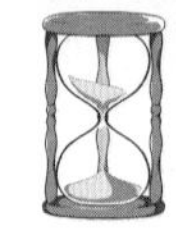

「聖誕節請她穿吧。」

「我不穿喔。」

分神注意置物櫃時，後方傳來聲音。是麻衣的聲音。

「咦～～明明是聖誕節耶。」

咲太抱著失望的心情轉身，等待他的是麻衣冰冷的視線。麻衣戴著附耳罩的毛線帽，以及防止感冒的口罩。這麼一來，電車乘客也很難發現這個人是櫻島麻衣吧。

「這不構成理由。」

麻衣早早踏出腳步。

「迷你裙聖誕妹也行喔。」

「聖誕節又不是扮裝的日子。」

「是情侶談情說愛的日子對吧？」

「唉……」

咲太和麻衣並肩沿著原路返回。經過家電量販店前面，沿著大馬路直走一陣子。行進方向看得到橋的時候，麻衣突然問了。

「對了，你和翔子小姐有發生什麼事嗎？」

犀利的問題使得咲太心臟用力一跳。

「妳說的『什麼事』是什麼事？」

咲太故做鎮靜，先裝傻再說。

「我就是在問這個啊。」

麻衣生氣的眼神瞪了過來。但這只是表面上，不是真的在生氣。目前是如此……

「沒有喔。完全沒事。」

即使在意麻衣的視線，咲太依然光明正大地說謊。他不知道麻衣感覺到什麼蹊蹺才問這個問題，但他確實和翔子發生了「某些事」。

關於大翔子的重大祕密。

咲太得知了堪稱她真實身分的事實。

「她來自未來」的這個事實……

咲太沒對麻衣說這件事，沒對任何人說。首先抱持疑問的理央、當事人大翔子，以及咲太……只有這三人知道這件事。

之所以沒說，也是因為在婚禮會場免費參觀會的回程路上……在開往藤澤站的江之電電車裡，翔子叮嚀過咲太。

「關於我的事，請當成只有我們兩人知道的祕密。」

「雙葉已經等於知道了。」

「因為要是未來改變就麻煩了。如果不小心變成我沒接受移植手術的未來，這將是最壞的結果。」

語氣雖然溫和，卻是能解釋為忠告的話語。咲太乖乖答應，乖乖照做。咲太不認為自己有別的選擇。要是小翔子原本能戰勝病魔的未來改變，這可真不是開玩笑的。坦白說，知道翔子會得救的現在，可不能讓未來變成不同的樣貌。

人的行動會因為知道某事而改變，咲太恐怕也已經改變了。對待小翔子的態度應該會不一樣，對她說的話或許也不同。既然這種小小的變化可能會改變未來，知道真相的人就愈少愈好。因為一旦知道，就再也無法回復為昔日不知道的自己……

這是咲太沒告訴麻衣的原因，絕不是因為害怕兩人參觀婚禮會場的事被發現而如此搪塞。應該吧……

「不想說就算了。」

筆直注視行進方向的麻衣側臉完全沒散發出「算了」的氣息，反倒像是在試探「我可以算了，但咲太可以就這樣算了嗎？」的感覺。

「真的沒有啦。話說，妳為什麼這樣問？」

「因為你們兩人的態度從昨晚就變了。」

「……」

麻衣漂亮地看透。

這麼一來，只省略「未來」的部分老實招供會比較安全。換個說法就是不再把翔子的叮嚀當成自己不說實話的免死金牌。

「其實，我們瞞著妳去參觀葉山的教堂了。」

「……」

這陣沉默好恐怖。

「翔子小姐說這樣或許可以解決思春期症候群，邀我去參觀……」

咲太緩緩慎選言詞，一邊觀察麻衣的反應一邊訴說。

「咲太。」

「是，請問有什麼吩咐？」

「我不想聽這種事。」

「是麻衣小姐妳問我的吧？」

「所以是我的錯嘍？」

「不，都是我的錯。」

「……」

沉默再度降臨。平常的話，麻衣應該會嘆氣傻眼，但今天沒有。

「真希望麻衣小姐再多整我一點。」

「那我問別的問題。」

「好的，樂意之至。」

「對你來說，翔子小姐是什麼人？」

不愧是麻衣，確實命中咲太的要害，選擇話題毫不留情。太無情了。咲太已經陷入絕境，她這次卻提出本質上的問題。

「初戀對象。」

「就這樣？」

麻衣的眼神彷彿知道某些事。她的雙眼映出咲太的臉，咲太不禁移開視線。

和翔子重逢，咲太清楚自覺到一份情感。

原本一直以為這份心意是初戀，但他得知這份心意的真面目了。

現在他就可以明確說出口，能以簡短的一句話告知……

一切從兩年前開始，遇見女高中生翔子的那時候開始。花楓被班上同學霸凌，咲太沒能拯救她，這份無力感折磨著咲太。咲太自己也因為這份後悔而產生思春期症候群，胸前出現神祕的傷。那真的是最慘的時期，咲太甚至認為這個世界上沒有任何方法能爬出這個谷底。

然而，咲太被一個女高中生獨力拯救了。

被翔子拯救了。

只是在七里濱海岸遇見的女高中生。

翔子的話打動了咲太內心。她原諒咲太無能為力的軟弱，聆聽咲太的後悔，告訴咲太「溫柔」的意義，而且分給咲太抬起頭的力氣。

這都是咲太想為花楓做卻沒做到的事。

正因如此，所以他崇拜翔子。

想成為像翔子這樣的人。

對翔子抱持純粹、強烈的心意。

後來，未曾對任何人抱持這種純粹心意的年幼咲太，到了國三依然將自己內心萌芽的強烈情感誤認為愛戀。

這是咲太的初戀。

若要誠實回答麻衣的問題，咲太應該說翔子是他崇拜的人，也可以說是英雄。

不過，即使這份認知是真的，咲太也認為不應該這樣回答麻衣。包含誤解在內，那是咲太的初戀。咲太認為這樣解釋就好。連自己都不知道真面目的這份情感，恰好適合當成初戀，解釋為初戀就好。

所以，不管麻衣問相同的問題多少次，咲太的回答都不會改變。

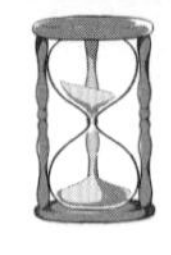

「翔子小姐是我的初戀對象。」

「好可惜。」

「怎麼了？」

「如果你事到如今才說她是你的崇拜對象，我就可以多整你一點了。」

「那我真的浪費了大好機會耶。」

咲太背脊發涼。看來剛才差點踩到地雷了。

「所以，我接受剛才的回答。」

「咦？不問『那我是咲太的什麼人』嗎？」

「原來你以為我是這麼麻煩的女生啊。」

麻衣的眼睛像在試探咲太，笑著暗示「不然我也可以演給你看喔」。看來這時候乖乖打退堂鼓比較好。麻衣心情姑且轉好，沒必要再度惹她不高興。

「這麼說來，麻衣小姐原本要說什麼？」

「沒那個心情說了。」

麻衣一副嫌煩的樣子。大概心情又變差了。

「咦～～怎麼這樣，妳說敬請期待，所以我很期待耶。」

「這是誰害的啊？」

「小的在反省了。」

「真的？」

「由衷反省。」

麻衣輕聲一笑，或許是原諒他了。但這其實是讓咲太大意的陷阱。

「你去了教堂，和翔子小姐辦了一場假婚禮？」

她臉上掛著笑容投出驚天動地的一球。是連北方大地二刀流選手都會嚇一跳的高速球。

「剛才妳不是說這部分會接受嗎？」

「……」

麻衣的眼神好恐怖。

「那個……是有試穿了婚紗。」

咲太的音量自然變小。

「翔子小姐漂亮嗎？」

怎麼回答才正確？總覺得怎麼回答都不對。對話進入這個方向時，咲太就註定敗北了。

「麻衣小姐穿起婚紗應該會很漂亮吧。」

「有沒有機會看到，端看你的表現。」

「我超想看。」

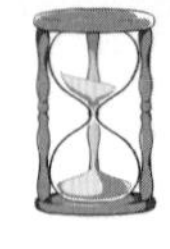

「既然這樣，你的行為模式就給我改一下。」

「遵命。」

「唉……」

咲太明明正經地回應，麻衣卻回以深深的嘆息。不過比不發一語的沉默好太多了。

「我要說的是二十四日的事。」

「嗯？」

「十二月的。」

「聖誕夜？」

「電影拍得很順利，所以到目前為止，那天傍晚之後還沒排行程。」

麻衣平淡地述說，看起來沒開心也沒生氣。真要說的話，像是在壓抑情感。

「之後可能會排工作嗎？」

「並不是不可能……但我對涼子小姐說過，請她盡量空出那段時間。」

麻衣朝咲太一瞥，視線微微上揚，表情暗藏了期待。

「花楓小妹也說要住爺爺奶奶家，所以……」

麻衣說到這裡，和咲太四目相對。咲太知道麻衣要他接著說下去，但他希望由麻衣說出口。

「所以？」

咲太如此回問。

「約會啦。」

克制害羞情緒的倔強聲音。

「要不要去看江之島的燈飾？」

大概是想避免咲太消遣，這句話說得有點快。

「……」

咲太沒能立刻回應，因為各種驚訝控制著他的身體。

第一，正如翔子所說，咲太順利和麻衣安排了約會。

第二，麻衣說的約會地點和翔子完全相同。

雖然無從得知翔子是否早就知道才選擇這裡，但如今咲太覺得她早就知道了。這樣推測比較合理。

「咲太？」

「水族館的水母很棒耶。」

「是在說最近電車上掛的那個廣告嗎？」

從片瀨江之島站徒步數分鐘可到的水族館，近年到了這個季節就會在水母區打燈，也會廣為宣傳。

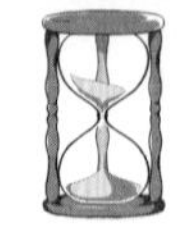

「對，就是那個。我每天看那個廣告就莫名感興趣了。」

「咲太，原來你喜歡水母？」

「我應該是喜歡和麻衣小姐一起看水母。」

「是喔。那就去水族館約會吧。到時候，我直接從工作的地方過去……所以與其約在站前會合，約在水族館前面比較不會引人注目嗎？」

「應該吧。不過，如果麻衣小姐為了我而努力，在哪裡應該都會很引人注目喔。」

「那就更應該約在水族館前面了。」

麻衣露出笑容，從容地接受咲太的挑釁。咲太再怎麼期待，麻衣也有自信超越他的期待。這正是櫻島麻衣。

「時間約六點可以嗎？」

「我……」

咲太語尾變得含糊，因為他想起翔子說的約定。翔子約的會合時間也是六點。

不過，咲太不想刻意錯開時間。

下決定是咲太的責任。依照決定行動，是咲太唯一能做的事。即使直到當天還在迷惘，即使萌發罪惡感，也要在十二月二十四日下午六點到水族館前面。在麻衣前來時稱讚她的服裝，一起看水母燈光秀，說著「噁心又可愛耶」盡情享受約會，表現出情侶應有的模樣。

這是咲太能做的事，對麻衣以及翔子唯一能做的事。

「那就六點喔。」

所以，在麻衣再度叮嚀時……

「好的。」

咲太確實如此回應。

因為喜歡麻衣，因為麻衣是最珍惜的女友。理由只要這些就好。

「真期待麻衣小姐的聖誕禮物。」

「要期待約會啦，笨蛋。」

進入住宅區，兩人稍微壓低音量。害羞地低頭的麻衣不太願意和咲太四目相對，但是兩人的對話直到抵達家門都沒有停過。

4

「咦，為什麼學長會在這裡？」

十二月十四日星期日。排班打工的咲太換好服務生制服來到餐廳外場，遇見小惡魔。

「學長今天有排班？」

像是看到可疑人物般抬頭看的嬌小少女是跟咲太就讀同一所高中的學妹——古賀朋繪。豐盈短髮加上合宜淡妝的時尚女生，可愛風格的女服務生制服也很適合她。咲太不只一兩次聽到男性顧客說「那個女生很正吧？」的對話。

「幫國見代班。」

「學長絕對不可能代替得了國見學長。」

她一臉正經地這麼說。

「剛才打工阿姨才一臉失望地說『哎呀，今天不是佑真小弟啊……』，所以妳少來煩我。」

居然連打工阿姨都攻陷了，真是令人驚訝。看來爽朗型男不問年齡性別，廣受喜愛。這世界沒有公平可言。

「以學長的習性，我還以為是沒錢買聖誕禮物送櫻島學姊，才慢半拍增加打工排班。」

「就算這個月增加打工排班，也趕不上聖誕夜吧？」

「所以我不是說『慢半拍』嗎？」

「妳把我當成什麼人了？」

「不然，學長決定買什麼禮物了嗎？」

「我沒錢買。」

「唔哇，爛透了。」
意外的開銷接踵而至，所以也沒辦法。突然前往金澤旅行讓錢包大失血。這個月十日匯入的上個月打工薪水，拿來還清當時麻衣代墊的款項之後就幾乎不剩了。之後還得贊助花楓的改變形象大作戰，所以能用在聖誕節的預算幾乎是零。
「我說啊，古賀……」
「我可不會拿錢給學長喔。」
朋繪搶先一步拒絕，而且精明之處在於她不是講「借錢」。朋繪熟知咲太的個性。
「什麼嘛，小氣。」
「這樣下去，學長將來可能會是小白臉。」
朋繪一副傻眼的樣子，投以打從心底沒禮貌的眼神。
「『超弦理論』啊。」
「學長，你在說什麼？」
「高階的物理學玩笑，對妳來說似乎太艱深了。」
「反正學長也不懂吧？」
「我知道自己一輩子都不會懂，所以就某方面來說算懂。」
之前咲太到物理實驗室的時候，試著翻閱理央平常看的書，但是從導讀就無法理解。應該說

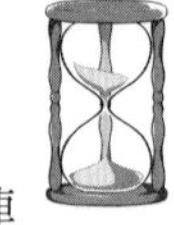

連進入正題前的作者「序」都沒看完，就靜靜闔上了書本。

艱深的事交給聰明人就好，自己盡量努力做自己能做的事情就好。咲太在那一瞬間學到了這個人生的教訓。

當下咲太應該致力達到的目標不是將超弦理論解釋清楚，分析這個世界的構造，而是決定如何度過麻衣與翔子同時邀約的聖誕夜。要按照自己的選擇行動。

而且咲太認為按照先前下定的決心，當天盡情享受和麻衣共度的聖誕節才是現在最重要的事。這是為了避免自己搖擺不定。

「學長，發生了什麼好事嗎？」

「啊？」

「你感覺笑嘻嘻的，而且平常都會在這時候說我囂張，對我性騷擾啊。」

「這是怎樣？」

咲太認為朋繪在這方面真的很敏銳，將自己周圍的人觀察得很清楚，總是能察覺到變化。這樣的朋繪詢問「發生了什麼好事嗎？」是值得樂見的事。既然看起來是這樣，就證明內心確實是這樣想。

雖然被迫站在二選一的殘酷岔路前，但這不是應該悲觀的狀態。一個是現在的女友；另一個是初戀對象，沒道理思考麻煩、困惑或胃痛之類的事。

在這個世間，聖誕節是一年當中很特別的日子，對情侶來說尤其特別……多達兩個女生表示想在這樣的日子和咲太共度，只能說咲太何其幸福。

「話說我才要問，妳有發生什麼事嗎？」

「咦？為什麼這樣問？」

「因為妳上臂變粗了。」

「沒……沒有啦！」

「什麼嘛，本來就這麼粗啊。」

「學長超過分！」

朋繪抱著自己轉向側邊，想隱藏上臂。

「真的氣死人了，三格火！」

「好啦，休息夠了，上工吧。」

「學長，等我瘦下來，你要跟我道歉喔！」

「到時候我請妳吃這裡的聖代。」

現在的話，季節限定菜單裡有放滿草莓，熱量也破表的超大份聖代。想必朋繪也會滿足。

「這樣我會復胖啦！」

她看起來很開心，太好了。

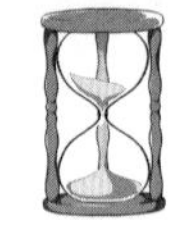

朋繪凡事反應都很大，咲太一邊捉弄這樣的她一邊勤於打工。預定下班的時間是下午五點，咲太超過二十分才打卡。正準備下班時來了一組客人，咲太忙著接待，所以稍微拖延到時間。

咲太從服務生制服換回便服，五點半走出打工的連鎖餐廳，趕往翔子住的醫院。

途中下了一場小雨，咲太抵達醫院時是探病時間即將結束的下午五點五十五分。在醫院裡不能跑，所以他快步前往病房。

咲太來到護士站前面，朝著長相已經完全被記住的白衣大姊姊低頭致意。

「剩三分鐘喔。」

大姊姊一副無可奈何的樣子告知規定。從她的表情來看，應該會多給咲太一點時間。

「快去吧。」

咲太再度微微鞠躬，經過櫃檯前面。再來只要沿著走廊筆直前進，就看得到翔子的病房。已經看到房門了。

在剩下十公尺的時候，咲太要去的病房房門稍微開啟。從門縫探頭窺視走廊的是翔子。她臉上隱約掛著不安的表情。

「啊！」

但她和正要走過來的咲太四目相對時，就張大嘴巴綻放笑容。

「抱歉，我來晚了。」

「不，這樣甚至算早了！」

翔子的安慰不太對。

「不對，不算早吧？探病時間快結束了。」

「咲太先生來看我，沒有早晚的問題喔。」

翔子將房門完全開啟，邀請咲太進入病房。即使表情與聲音很開朗，推著點滴架回到病床的身影依然有點虛弱。

「……」

看來果然不太樂觀吧。

「嘿咻……」

翔子爬上病床。雖然不知道症狀是否影響住院生活，但她的體力明顯衰退，睡衣感覺也比以前寬鬆。

咲太坐在圓凳上，從翔子身上移開視線以重整低氣壓的內心。他看向病房，發現邊桌有一張熟悉的紙，伸手拿起。

「啊！」

瞬間，翔子露出為難的表情。不方便見人的東西被看到了……她做出這樣的反應，但咲太已

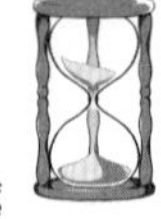

經看過那張紙。小學時期寫的未來規劃，沒有寫完，到現在一直當成作業的東西……

咲太打開這張紙，視線落在紙面上。

「嗯？」

疑問化為聲音脫口而出。因為項目比幾天前看到時增加了。

——約好在聖誕夜進行重要的約會。

大學生的欄位上寫著這行字。

和之前一樣，自然得像是一開始就寫在上面。說真的，這究竟是發生什麼狀況？

接受大翔子驚人表白的那一天……咲太也向大翔子確認這張紙的內容是不是她寫的。咲太認為這最有可能是大翔子的惡作劇，然而翔子的回答是「ＮＯ」。

「我做這種事有什麼意義？」

這是翔子的說法。她說得沒錯。說起來，由於這張紙總是放在這間病房裡，如果大翔子想要加寫，就必須溜進病房。想要神不知鬼不覺地做這種事這麼多次，必須具備間諜電影水準的潛入技能吧。

即使找理央討論，理央在這方面也表示「不清楚」，陷入無計可施的狀況。不過理央說就加寫的內容看來，或許是大翔子的行動造成了某種影響。咲太對此也有同感。

「又增加了耶。」

「啊，嗯，是的。」

翔子有些愧疚地看向下方。她從剛才就是這樣，看起來不太想提到這張紙。咲太思索原因時，病房響起敲門聲。

「請進。」

翔子回應之後，護士姊姊探頭進來。是剛才跟咲太說話的大姊姊。

「只能到我巡房回來喔。」

護士姊姊委婉地告知規定的探病時間結束了。病房的時鐘指針確實已經超過六點。

「那麼，請慢慢巡房吧。」

「這可不行。」

護士姊姊斷然拒絕咲太的央求，迅速消失在走廊上。看來她正如宣言要以正常速度巡房。

「明天我會早點過來。」

「咲太先生，關於這件事……」

翔子愈說愈含糊，表情帶點陰影。她低下頭，心神不寧地看著自己的手，目不轉睛，只注視著某個點……

「嗯？」

「我一直覺得，這件事一定要好好告訴咲太先生……」

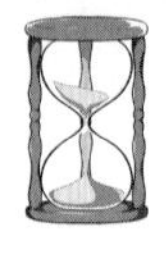

從翔子不安的眼神可以想像她要說什麼。而且這個想像應該猜對了。

「我的病……不太樂觀。」

聲音平靜，卻隱含明確的意志——想好好告訴咲太的強烈意志。

「……」

「與其說不太樂觀……應該說不樂觀。」

感覺內心吊了一顆沉重的砝碼，身體像是一直被往下拉。

「嗯。」

「現在是吃藥抑制症狀……可是，也不能一直吃……」

「這樣啊……」

「是的，所以……！」

翔子絞盡勇氣般喉頭發出聲音，抬頭筆直注視咲太。接著她深吸一口氣，雙眼蘊含著決意的光芒。

「請您……別再來探視我了。」

翔子露出甜美的微笑說。舒暢又陽光，沒有一絲不安的完美笑容。

翔子嬌小的身體究竟裝滿了多大的勇氣？明明她自己應該不安得無以復加，為什麼還能對咲太這麼貼心？

翔子之所以必須以笑容道別，都是為了咲太著想。愈是和翔子見面，真正永別時的悲傷將會愈大愈深……即使如今無法回復為素昧平生，翔子也希望盡量為留下來的咲太減輕痛楚，才會說出這種話。她甚至擔心自己離開之後的事。才國一的小女生……以這麼瘦小的身體……

為什麼翔子必須獨自背負這麼多東西？世界不平等又不講理，連這種嘆息都沒有任何意義的世間出了問題。

不過正因如此，咲太的回答只有一個。艱深的事交給聰明人就好，咲太做自己做得到的事就好。在這個狀況下，即使是咲太也能做某些事，就算功課不好也懂得某些事。

咲太不發出聲音，輕輕做個深呼吸。

「不要。」

接著，他以一如往常的語氣回答翔子，以沒幹勁的死魚眼……無力的聲音……在隨處可見的日常氣氛中如此回答。

「咦？」

翔子驚叫出聲。這也在所難免。她抱持畢生覺悟說出的話被這句簡短的回應帶過。

「我明天會來，後天也會來。總之，可能有些日子打工不能來，但是在妳出院之前，我每天都會來看妳。」

咲太趁著翔子還沒重整心情繼續說下去，傳達他真正的想法。

如果沒從大翔子那裡得知未來，或許無法回以如此明確的意願。

即使如此，大翔子說過在這段時間「咲太小弟每天都來看我」。對未來一無所知的自己都做得到了，要是未來既定的自己做不到，咲太內心真的會不是滋味。

「可是，我……」

翔子身體顫抖。

「我……！」

翔子依然想拒絕咲太，認為這樣不行。

「沒關係的。」

咲太說著緩緩起身，朝病床接近一步，輕輕將手放在她頭上。

「妳很努力了。」

「……咦？」

翔子睜大雙眼，大概是這句話令她感到意外。

「很努力了。」

這是在說她沒將生病的不安表露在臉上。

「真的很努力了。」

以及她努力不讓父母擔憂。

「超努力的。」

其實應該害怕得不得了卻強顏歡笑，感謝眾人，拚命想讓大家知道她很幸福。

「一直以來，妳每天都比任何人努力喔。」

總是在咲太面前露出滿滿的笑容……今天也是，直到最後都想這麼做。

「……咲太先生。」

翔子淚水逐漸盈眶。可是，翔子連淚水都想忍住，想當成沒發生過。這是為了繼續飾演受到大家喜愛，幸福洋溢的牧之原翔子。

咲太不允許她這樣逞強。翔子一定要獲得回報，比任何人都應該獲得回報，否則這個世界真的出了問題。

「所以，妳可以不用努力了。」

翔子一度收回的淚水奪眶而出。

「可是，我……我……」

顫抖的嘴遲遲說不下去。

「可以不用努力了。」

「！」

翔子身體一震。

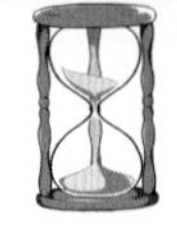

「我……我也……！」

翔子緊閉雙眼。豆大的淚珠沾溼床單，情感決堤了。

「我其實也不想生病啊！」

誠實、率直的想法。她的悲嘆，任何人都不能責備。翔子伴隨著情緒與淚水依偎著咲太，將臉埋在他的懷裡哭泣。

「一直……想和大家一樣……！」

「是啊。」

「為什麼是我！」

「說得也是啊。」

「我想活下去……」

「……」

「我也想活下去……」

「嗯。」

「活著……活著……」

這份赤裸裸的想法，翔子一直沒能說出口。不允許說出口。要是說出來，會害得周圍的大人為難，讓表情蒙上陰影，空氣變得沉重，造成大家的困擾。所以……

「我……我……」

「……」

「我……」

交雜著嗚咽的想法沒能化為言語。不，咲太認為她已經沒有能化作言語的想法了。某些想法只能以淚水傳達，也有某些想法只能以哭泣表達。正因如此，才深刻感受到她的強烈情感。緊抓咲太衣服的顫抖的小手比話語更能表明翔子的心願。

「我……」

「我沒關係的。」

「……」

「我明天也會來。」

「……咲太先生……」

「後天也會來。」

「……嗚嗚……」

翔子拚命想停止哭泣。

「可能有些日子打工不能來。」

「……」

「但是在妳恢復活力出院之前，我每天都會來看妳。」

「……真的嗎？」

聲音因為淚水而沙啞。帶著鼻音，聽起來比平常還要稚嫩。

「真的是真的。」

「……咲太先生……」

即使哭成淚人兒，翔子依然慢慢離開咲太。

「……可以……跟我保證嗎？」

「嗯。」

「那麼，打勾勾……」

翔子伸出小小的手。咲太以小指勾住她的小指。

「總覺得……好害臊喔。」

咲太露出害羞的笑容，像在掩飾不好意思的心情微笑。

咲太從邊桌抽兩張面紙給翔子。這是要給她擦淚的，她卻拿來擤鼻涕。

咲太覺得有趣，笑出聲音。

「咲太先生？」

翔子歪頭表達疑惑。不過咲太完全沒回答，然後翔子也跟著笑了。

只有這一瞬間也好，希望可以緩和翔子的不安。如果能如願，咲太就算是表現得很好了，做得到這種程度就沒話說了。

「好～～探病時間結束。」

護士姊姊像是抓準時間般回來，語氣莫名地裝模作樣。或許她從途中就聽到了兩人的對話。她投以別有深意的視線，所以應該沒錯。她的雙眼在說「做得很好」。

「那麼，明天見。」

「好的。」

翔子露出甜美的微笑揮手。

咲太想微微舉起手回應的時候……發生狀況了。

「……！」

翔子喉頭發出聲音，表情瞬間蒙上陰影。她的雙手反射性地移到自己胸口，像是在忍耐什麼一樣抓緊。

她就這麼倒在床上開始感到痛苦。

「嗚……啊……」

想說話的嘴只冒出空氣洩出的聲音。這一切都在短短幾秒內發生。

「借過！」

護士姊姊推開床邊的咲太，按下護士鈴。

『怎麼了？』

擴音器響起聲音。

「牧之原急遽惡化。」

護士姊姊冷靜回應。

通知完畢之後，護士姊姊反覆喊著「翔子小妹？翔子小妹？」像是在確認她的意識。

這段期間，病房的氣氛大幅改變。兩名身穿白袍的醫生趕過來，分別是四十歲後半以及三十歲後半。還來了三名護理師，單人病房立刻擠滿醫療人員。

床邊沒有咲太的容身之處，他背靠距離最遠的牆壁。

「登記開刀房，盡快聯絡家屬，也要保留加護病房。」檢查翔子狀況的中年醫生平淡地下達指示。接著，兩名護理師衝出病房，別的護理師推擔架床過來。

眾人依照醫生指示，將翔子小小的身體運上擔架床，緊急推出病房。

面前的狀況令人眼花繚亂，咲太只能旁觀。隨處可見的平凡高中生做不了什麼，現在能做的就是什麼都不要做。然而，什麼都不做會累積不安與焦急，更勝於此的情緒成為恐懼纏在身上。

要是不做點事情，將會被不安吞沒。翔子遲早會接受移植手術獲救。即使知道這個未來，現場緊繃的氣氛依然束縛住身體。如果大翔子所說的未來沒有來臨……咲太無法阻止這種最壞的想像掠過腦海。翔子痛苦的模樣是咲太前所未見的人類反應，導致強烈的不安在心中成為漩渦。

所以，咲太幾乎是下意識地來到走廊，想去追運送翔子的擔架床。

翔子逐漸遠離，咲太一步、兩步想追上去。但是在踏出第三步時，咲太胸口傳來劇痛。從身體中心向外擴散的痛楚。

「……好痛。」

咲太硬是發出聲音，抓住瞬間遠離的意識。視野急速變狹隘，耳朵變得聽不見。咲太無法站直而靠在走廊牆上，緩緩失去力氣，縮起身體倒在地上。

情急之下伸到胸口的手心沾上液體。確實的突兀感與不快感。低頭一看，手心被染成鮮紅，衣服底下滲出鮮血。

好不容易抬起頭，看見逐漸遠離的翔子的擔架床。但是聽不到車輪聲，也聽不到醫生們交談的聲音。知覺被胸口的痛楚占據，除此之外的一切都被痛楚奪走。

「現在是怎樣啊……」

統治大腦的是對痛楚的不耐與疑問。

咲太一直認為胸口的傷是他兩年前沒能拯救「花楓」，後悔與無能的證明。沒能拯救妹妹的懲罰以思春期症候群的形式呈現。

「可是，為什麼現在會……」

咲太不懂。

這一瞬間發生的事，怎麼想都和「花楓」或「楓」無關。咲太能理解自己因為翔子病情突然惡化而受到打擊……但他知道小翔子會得救。大翔子告訴他這樣的未來。無論如何，現在就後悔也太早了。

那麼……

「……這是怎樣啊？」

還是不懂。

雖然不懂，但這份痛楚對咲太呢喃某種可能性。

說不定，咲太誤會了。

胸口的傷，實際上或許來自不同的原因。

咲太聽著腦袋深處冒出這種可能性，意識逐漸遠離，最後被塗抹成一片漆黑。

5

遠方傳來浪濤聲。

這個聲音緩緩從腳邊接近，海的存在感靜靜滲透般傳遍咲太全身。

接近到距離腳尖短短三十公分處的白浪一齊退去。

咲太認知到自己所見的光景時，終於察覺自己站在沙灘上。

熟悉的七里濱風景，火紅的夕陽讓江之島成為剪影。舒服的海風，意外有力的浪濤聲。咲太感覺這一切彷彿都是真的。

然而，這是夢。

說來神奇，咲太清楚知道這是夢。

最近愈來愈少夢見的兩年前的回憶，遇見女高中生翔子那時候的夢。

如同在證明這是夢，咲太立刻聽見了她的聲音。

「欸，來接吻吧？」

突然這麼說的人是站在約三步遠的女高中生。身穿峰原高中制服，兩年前的大翔子；成為女高中生的小翔子。

「不要。」

咲太冷淡地回應。

「不用擔心，我有刷牙啊。」

「不可以和陌生人接吻，這小學老師應該有教過吧？」

「老師沒教過我啊。」

「老師也沒教過我。」

「呵呵，這是怎樣？」

平凡無奇的對話引發笑聲。

「不過啊，咲太小弟……」

「什麼事？」

「你剛才心跳加速了對吧？」

翔子揚起嘴角露出得意的笑容。她正以逗國三的咲太為樂。

「這樣會影響到胸口的傷，請別讓我興奮。」

「原來陌生女生向你索吻，會讓你興奮啊？」

「……」

「這是為什麼呢？」

翔子微微彎腰，從下方仰望咲太的表情。長長的頭髮在海風的帶動下，從肩頭輕盈滑落。

「這是男生的生理現象。」

「就這樣？」

翔子不死心地追問。

「就這樣。」

「雖然嘴裡這麼說，但你明明幾乎每天都會來見我啊。」

「我是來看海。」

「是喔……」

「翔子小姐究竟想說什麼？」

「真要說的話，是想讓你說。」

「……」

「開玩笑的啦。」

翔子微微吐舌，送了一個秋波。

「我也會喔。」

接著，她說出耐人尋味的這句話。

「會怎樣？」

「和你在一起，我就會心跳加速。」

蓄意的惡作劇表白使得咲太的心臟用力一跳。

「就說了，這樣會影響我的傷，請不要這樣。如果又大量失血，我沒辦法說明原因，真的會很傷腦筋。」

咲太確認衣服底下以防萬一。傷口像是即將結痂痊癒，硬化變成紅色，不再出血。

「沒問題的。」

「……」

講得這麼不負責任……即使咲太如此心想，卻沒說出口。翔子的聲音具備能讓咲太安心的溫度，而且充滿神奇的確信。至少翔子相信自己所說的，否則她應該不會這麼說。

「一定會好。」

溫柔的音色從耳際暖和咲太全身。

「當然遲早會好吧。」

不然會很麻煩。然而翔子搖頭回應。她靜靜地搖頭兩次。

「咲太小弟內心的傷以及胸口的傷……我會幫你治好。」

溫柔無比的笑容。像春天陽光的溫柔笑容柔軟地包覆著咲太。

咲太為這張笑容著迷。他移開目光掩飾心情。

「我聽不懂。」

咲太加快速度這麼說。

所以，他沒察覺。

「不要緊的。我一定會讓你……」

翔子又說了一次類似的話語。咲太不明白她的真意。

咲太只忙著平復內心的悸動，拚命壓抑如警鐘響起的心跳聲。

咲太睜開雙眼一看，白色天花板冰冷地俯視著他。

細長日光燈的光。

映在視野的光景是現實，這裡是醫院的床上。咲太認清之後，胸口頓時一陣刺痛。低頭看向自己的胸口，從肩膀到胸口裹了層層的繃帶。

他立刻想起昏迷前的事。當時承受不了胸口的劇痛而倒臥在走廊上，醒來就變這樣了。

「咲太小弟。」

隨著這聲呼喚，翔子上半身探到床上。是大翔子，戴著毛線帽加眼鏡。「看來是為了進醫院才喬裝的……」咲太莫名冷靜的大腦立刻從狀況如此判斷。

「這裡是醫院。你知道嗎？」

「……知道。」

「我接到電話說你突然昏倒……嚇了一大跳。」

「……」

翔子擔心地這麼說了。咲太這次不發一語地注視她的臉。

「咲太小弟？」

咲太的手自然移向包著繃帶的胸口。

「我作了一個夢。」

「夢？」

「兩年前的……」

「……」

「第一次見到翔子小姐那時候的夢。」

「這樣啊……」

「當時也是這樣喔。」

「……」

「我的胸口出現這道傷……」

咲太慎選言詞並且思索，但他神奇地理解到自己正走向某個答案。

雖然還沒清楚認知卻已經察覺端倪，身體的這個感覺接受了某個事實。咲太一直認定胸口的傷是以花楓的霸凌為開端，沒能保護花楓的後悔、束手無策的無能使他遭受這種懲罰。畢竟時期一致，身為當事人的咲太很清楚當時內心陷入了絕境，所以沒有任何要素否定這個見解。是最像那麼一回事，可以接受的理由。

然而，身體這幾天的異常變化無法以這個理由說明。翔子病情惡化確實令咲太心痛，但咲太已經知道她會得救。明明如此，但咲太胸口的傷為何會再度裂開？

兩年前，這個傷出現沒多久，咲太就遇見了翔子。

經過兩年的現在，失去「楓」的痛苦使得傷口再度裂開。不過，這應該純屬巧合。咲太在這之後和誰重逢了？

「……」

現在也以溫柔視線守護咲太的一名女性。

回過神來，咲太確定這是唯一的答案。這具身體吶喊著「正是如此」，自己的心跳咆哮著「正是如此」。

所以，咲太不抱驚訝、困惑、焦慮、不安……甚至不抱一絲希望，說出這句話。

「翔子小姐體內的心臟，是我的吧？」

「……」

翔子緩緩閉上雙眼，這也等同於微微點頭承認了咲太說的話。

「你果然察覺了。」

翔子的雙手輕輕在自己胸前交疊。

「我的未來，是你給的。」

微溼的雙眼因為複雜的情感而動搖。感謝的心意、惆悵的想法與純粹的悲傷，此外還有數種情感交纏、混合到看不出原形。

「……」

「……」

兩人沒能立刻接話時，某個碰撞聲傳入他們之間。

「……？」

聲音來自走廊。

咲太與翔子的視線反射性地掃向門口。

「啊……」

咲太不禁脫口發出聲音。

因為臉色蒼白站在門外的人是麻衣……

「剛才那是……什麼意思？」

麻衣顫抖緊繃的聲音在只有三人的病房裡靜靜地響起。

兩條路

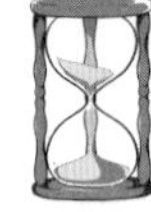

1

三人的沉默填滿病房。

一人是咲太；另一人是大翔子；最後是麻衣的沉默。

在具備意志的寂靜中，只有麻衣踩響腳步聲，來到坐在床上的咲太面前。她先看向咲太，接著看向翔子。

「剛才說的是……？」

「……」

該如何回答？如何反應？咲太這一瞬間無法判斷。即使想搪塞，現在也不是講句「沒事」就能帶過的氣氛。正因為三人都實際感受到這股氣氛，所以這裡洋溢更勝於沉默的寂靜。感覺緊繃的氣息就在身邊。

「呼……」

這時候，翔子刻意嘆氣。咲太與麻衣的視線自然落在她身上。

「是十天後的事。」

不知是已經覺悟無路可逃，還是一開始就打算告訴麻衣……翔子語氣穩重。

「十二月二十四日。」

聖誕夜的日期。不久之後的未來。

「那天，是今年冬季最冷的一天，正如氣象預報所說，下午開始下雪。雪大到連這附近也積雪……」

麻衣不發一語，只有雙眼蘊含大大的疑問，沒有插嘴。她應該想反問一些事，但現在只是默默等待翔子說完。

「咲太小弟前往約定地點要和麻衣小姐約會的途中……被車子打滑的車禍牽連。」

還沒發生的事，翔子當成已經發生的事實一般說了。不抱希望也不抱絕望，據實以告，如此而已。對翔子來說，這是正確的認知，是正常時間軸發生的事。照來自六七年後的翔子看來，十天後的事也只不過是遙遠的往事。

「這種事，妳為什麼……」

麻衣終於說出口的是理所當然的疑問。

「因為，我來自未來。」

麻衣瞬間蹙眉。她注視翔子的雙眼，稍微思索之後看向咲太確認。

「這是真的。」

咲太點頭說。至少翔子說中麻衣與花楓的聖誕行程，尤其關於花楓的行程，咲太不認為是亂猜猜中的。

麻衣再度沉思片刻。

「這樣啊……」

她說出簡短的話語接受。

「即使送到醫院，咲太小弟也沒清醒，最後被判定腦死。」

咲太在察覺到事實的時間點就已經理解了。但是像這樣由翔子說出口，另一塊石頭就壓在咲太心上。

咲太下意識撫摸自己的胸口。

「……」

可以清楚、強烈地感受到心臟的搏動。

「從咲太小弟的隨身物品中發現器官捐贈同意卡，所以醫院在通知腦死的同時也向家屬確認了。這是我後來才得知的。」

「……」

「這樣啊……」

咲太代替語塞的麻衣說出這句話。聲音徹底沙啞，哽在喉嚨。

接到通知的父親是怎麼想的？醫院告知兒子喪命，接著要求他判斷是否讓咲太捐贈器官。包括整理心情在內，恐怕什麼都做不到吧。即使如此，未來父親依然尊重咲太的意願，答應讓咲太成為器官捐贈者……

證據就是咲太面前的翔子。接受移植手術，恢復健康的翔子。

「車禍三天後的十二月二十七日……在加護病房使用心室輔助器延續生命的我，奇蹟似的得以接受移植手術。」

翔子再度將手放在自己胸前，像在確認心跳般靜靜閉上雙眼。

「……」

咲太不知道該從哪裡問起。翔子已經說出他第一個想知道的事實。短短幾分鐘就能說明的事實，咲太死亡的事實。

「清醒之後……感覺怎麼樣？」

咲太思索片刻之後詢問的應該是翔子被問過好幾次的問題。之所以選擇這個問題，是因為咲太察覺這是未來的自己沒能詢問的問題。

「手術結束後，我第一次清醒的時候還沒有實際的感覺。畢竟麻醉還沒退……我很快就又睡著了。」

「……」

「不過，第二次清醒的時候，媽媽哭到雙眼紅腫。她一直一直哭著等我。我知道之後好開心……也跟著淚如雨下。」

「這樣啊……」

咲太內心某處對於翔子的想法鬆了口氣。

「爸爸不停地說著：『太好了，太好了。』而我就只是感到安心……終於能夠感受到自己的心跳聲。」

「……」

「怦通，怦通，拯救我的心跳聲……我一直感受著這個聲音……」

聲音因為淚水而沙啞。大概是回想起當時的心情，翔子的淚水幾乎要奪眶而出。她靜靜地用手指擦掉淚水。

「當時我不知道……不知道捐贈者是誰……所以我說了無數次『謝謝』，將謝意傳達給這位不知名的善心人士。」

翔子和善的雙眼洋溢著溫柔。那句「謝謝」是對咲太表達的謝意。

「經過絕對要靜養的期間，從加護病房轉到普通病房大樓的時候，我察覺到不對勁。原本除非是不得已的狀況，否則受贈者不會知道捐贈者的身分。可是……」

翔子發生了這種不得已的狀況。不，沒那麼誇張，是非常簡單又單純的邏輯。

「因為這個人是妳認識的我，所以妳知道了嗎？」

「是的……」

翔子靜靜地說完點頭。

「我想向你報告手術成功的消息，電話卻打不通……剛開始我完全不知道原因……」

翔子抬起頭注視麻衣。

「……不過，有一個人見證了這一切。」

她的表情憂傷地蒙上陰影。

「麻衣小姐全都告訴我了。她說等我將來出院到家裡拜訪應該就會知道，所以……」

「……」

被提到的麻衣不發一語。位於這裡的麻衣還不知道這件事。不知道未來的麻衣是抱著何種心情對翔子說出真相的。

咲太不知道。在這裡的麻衣恐怕也不知道。

「一旦說出來，就只是這麼簡單。」

翔子隱約透露出落寞心情這麼說。確實，考慮到事實有多沉重，這段說明就意外地簡短。

「就這樣，咲太小弟救了我一命。」

「……」

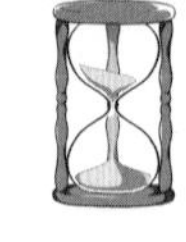

咲太說不出話。或許是還沒什麼實際的感覺，或是有別的理由控制著身體，咲太什麼話也說不出來。

「……」

麻衣也一樣，她沒和咲太或翔子的目光相對，只是一直看著床腳。

「所以，今年聖誕節請乖乖在家裡約會喔。」

翔子以莫名開朗的語氣這麼說。

只要待在家裡，咲太二十四日就不會遇到車禍，也不會被送到醫院，更不會被判定腦死。而且，也不會成為翔子的器官捐贈者。

未來會改變。

將會改變。

這麼一來，翔子原本會接受的移植手術也會消失。

「沒問題的。」

「這種事……」

「年幼的我也還有時間。請相信現代醫學。」

「未來人講這什麼話……」

應該有其他更想說的話卻沒能好好說出口，因為心情還沒做出決定……

咲太甚至不知道該珍惜什麼、該保護什麼、該選擇什麼，因此話語不可能打動接受一切位於這裡的翔子。

「應該會出現別的捐贈者。」

溫暖的笑容。翔子的笑容緊抱著咲太，以安心籠罩著他。

「那麼……」

翔子刻意發出聲音，從圓凳上起身。

「年幼的我住在這間醫院，我待太久會很危險，所以我先走了。」

「……」

「……」

咲太與麻衣就這麼一動也不動，甚至無法好好說話。

「麻衣小姐。」

這是翔子的聲音。

「……是。」

「咲太小弟就拜託妳了。」

「用不著翔子小姐說……」

麻衣雖然回嘴，語氣卻有些軟弱。

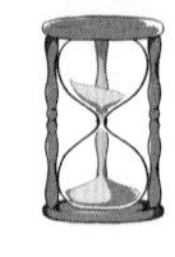

「說得也是。」

相對的，翔子露出開朗的笑容。明明毫無好笑的要素，卻一副大功告成的模樣露出笑容。咲太沒有餘力察覺這張笑容的意義，所以只能目送翔子離開病房。

翔子離開約二十分鐘後，咲太與麻衣完成繳費與出院手續，離開醫院。

關於胸口的傷，咲太只能隨便謊稱是舊傷來掩飾，不過現在也已經停止出血，所以出面的年輕醫生沒有追問。

反倒是咲太詢問小翔子的狀況，卻只得到「你們雖然認識，但不方便告知詳情」的回應。不過院方隱約透露她現在還在動手術，要以醫療裝置輔助心臟功能。咲太光是得知這些就已經非常感謝。

即使繼續留在醫院，咲太也做不了任何事，要是又因為什麼契機而回到胸口傷勢的話題也很麻煩，所以咲太趕回留在門口等待的麻衣身邊。

「沒事嗎？」

咲太一回來，麻衣就這麼問。

「我隨便搪塞過去了。」

「這樣啊。」

以簡短對話收尾之後，兩人走出醫院外門。

「……」

「……」

兩人暫時沒說話。

只不過，他們自覺彼此在想相同的事，也可以說是確信。

「是真的吧？」

所以麻衣即使沒說主詞，突如其來的這句話也沒令咲太困惑。

「翔子小姐沒理由說這種謊。」

「如果是說謊就好了。」

「……」

以對話進行這種含糊的確認之後，深深的沉默再度封鎖兩人。

咲太吐著白煙，比平常稍微放慢腳步踏上歸途。咲太認為現在的兩人需要這樣的時間，需要這樣的寧靜。

為了理解事實。

為了視為事實而接受。

為了細細咀嚼這個現實……需要這樣的時間，需要這樣的寧靜。

麻衣近在並肩的距離。咲太感受著她的存在，只看著前方行走。

最後，彼此沒對話就抵達公寓前面。

咲太想進去時，從背後察覺麻衣停下了腳步。感受得到蘊含某種意志的視線，所以咲太轉過身主動搭話。

「那個，麻衣小姐……」

並不是已經得出什麼結論，並不是情感追上了現實，只是直覺必須由自己先開口而推動自己。咲太認為不應該將生命的選擇題交給麻衣。

「那個，麻衣小姐……」

咲太又說了一次，卻說不出後續的話語。找不到能夠接續的話，語庫是空的。不，其實只有一個，唯一浮現在腦海的是類似分手的話語……雖然這句話已經來到喉頭，但咲太今天傍晚才剛知道聽到這種話的人是何種心情，所以說不出口。

——請您……別再來探視我了。

小翔子絞盡勇氣說出的話，說的人與聽的人都倍感煎熬。

「咲太。」

咲太猶豫時，這次是麻衣叫他。

咲太抬頭一看，眼前是筆直注視著他的美麗雙眼。

「我可不想分手。」

「……」

咲太沒能做出像樣的反應，因為一瞬間的猶豫被麻衣確實看透，使他大為驚訝。在咲太回以「請忘了我」這種不負責任的話之前，麻衣便這麼說了。

「得變更聖誕夜的約會行程才行。」

「……」

「和香聖誕夜不在家，所以也可以在我家過。我傍晚就收工，到時候買個大大的聖誕蛋糕回來給你。」

麻衣的聲音彷彿滲入夜晚寧靜的住宅區。

「等過完年，我們去鶴岡八幡宮新年參拜吧。畢竟元旦會很多人，應該很辛苦，所以大概要等到寒假結束那時候。」

「……說得也是。」

「二月的情人節，我會做巧克力送你。」

「……嗯。」

「到了春天，我就畢業了……但我會空出時間好好當你的家教，做好心理準備啊。」

「會打扮成兔女郎？」

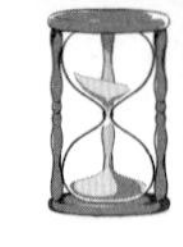

「如果你考上大學，我可以穿給你看啊。」

「好像超有趣的。」

表面上是兩人一如往常的對話。

愉快的對話持續著。

然而，不同於話語或表情，咲太的心卻是空白的。明明應該在聊開心的未來，卻不抱任何情緒。不覺得這是在講自己的事，沒有實際的感覺。不只是沒有快樂、喜悅與幸福，也沒有不安、恐懼與絕望。

明明確實開口回應麻衣，卻不認為這些話是出自咲太自己的意志。

十二月二十四日，聖誕夜這一天……咲太前往會合地點要和麻衣約會的途中，被車禍波及而喪命。

大翔子帶來的未來的事實，咲太依然無法接受。即使得知十天後會死，也沒能完全認定死亡的是自己，只察覺自己心中沒有對死亡的概念……

「然後經過一年，讀同一所大學。」

「……」

「所以希望你選擇和我共度未來。這是我的願望。」

麻衣直到最後都沒改變表情，就只是目不轉睛地注視咲太，以有點惆悵的雙眼看著他。語氣沒有激動，也沒表露情緒，麻衣平淡地述說兩人的未來。
「今天，我就不去你家過夜了。」
「嗯。」
「我想暫時這樣應該比較好。」
因為需要思考的時間。
「說得也是。」
咲太與麻衣都需要時間。正因為知道時間所剩不多，所以需要時間。
「那麼，晚安。」
麻衣微微舉起手。
「好的，晚安。」
麻衣只說完這些就進入對街的公寓。咲太目送她的背影。
途中，麻衣沒有轉身，沒有露出惡作劇的笑容轉過身再度揮手。
等到完全看不見麻衣的身影，咲太吐出白煙仰望夜空。
「……」
一句話都說不出口。

2

英文老師站在黑板前面講解期末考題的教室裡，流動著期末常見的鬆懈氣息。有學生瞪著發回來的答案卷，也有學生在桌子底下滑手機。

咲太置身事外般以餘光看著這樣的同學們，同時認真寫筆記，在打叉的題目寫下正確解答。雖然這麼說，但是答錯的題目不算多。八十二分這個數字打在咲太的答案卷上，多虧家教一邊抱怨一邊耐心教功課。即使前所未見的好成績當前，咲太也沒明顯冒出喜悅心情。

在那之後經過了四天。

咲太胸口的傷生痛導致他在醫院昏倒，至今已經迎接第四個早晨。得知聖誕夜將遇到車禍之後，經過了這麼長的時間。

今天是十二月十八日，星期四。

距離命中註定的那一天剩下不到一週。

這一天正在接近。即使理解字面上的意思，咲太依然沒有像樣的真實感。所以他就這麼不知道該做什麼，過著只消化日常行程的每一天。

早上起床之後做好準備上學去。

在學校上課。

下課之後回家。要打工的日子只做時薪的份，如果和朋繪同時段打工就捉弄她來歇口氣。

到了夜晚就睡覺，然後早晨再度來臨。這樣的生活不斷反覆。

也沒什麼特別的事。

放學後，也會去探望小翔子。不過除了家屬以外的人很難到加護病房探視，所以咲太造訪的是無人的病房。

翔子使用的301號個人房，總是在床上的翔子如今不在那裡。國中課本與筆記本，以及咲太送的金澤伴手禮點心盒留在原處，從病房感受得到莫名的悲傷。明明翔子在的時候可以從病房感受到確實的體溫，現在卻突然變得冷冰冰，感覺只有這裡的時間停止了。

即使如此，兩天前的週二，咲太打工下班前來的時候還是巧遇了翔子的母親，得知延長生命的手術順利成功。看來正如大翔子所說，動手術以機器彌補心臟功能了。咲太對此說不出「太好了」，在翔子的母親說「不用勉強沒關係的」之前只回以「我改天再來」。

大翔子即使知道咲太如此行動，依然一如往常地在咲太家度日。早上咲太快要睡過頭的時候就叫他起床，做飯給他吃，說著「路上小心」送他出門，說著「你回來啦」迎接他回家。真的完全沒變。為何能夠維持如此平靜的態度？咲太詫異得無可復加。

至於麻衣這邊，從那天之後就幾乎沒跟她說到話。並不是彼此迴避這個話題，而是麻衣行程緊湊，沒能空出時間靜心面對。基於這層意義來說，麻衣也和咲太一樣，繼續過著她自己的日常生活。這種事也無法這麼輕易改變。身為藝人「櫻島麻衣」的工作背負著相應的責任，而且麻衣這個人會好好盡到這份責任，咲太非常清楚這一點。

關於咲太未來的想法，麻衣也說出口了。說出那麼殘酷的話……

——希望你選擇和我共度未來。這是我的願望。

對話的球握在咲太手上。咲太正以雙手小心翼翼地捧著這顆球，還沒做好扔回去的準備。

「……」

寫筆記的手不知何時停下來了。

「大家或許不想這麼做，但別忘記複習啊。」

英文老師對班上同學說的這番話使咲太回神。最後的閱讀題也講解完畢，男老師拍掉手上的粉筆灰。此時，宣告第四堂課結束的鐘聲響起。今天只上半天課，所以學校的課到此為止。

幾分鐘後開始的放學班會也沒講什麼就早早結束。

今天也去一趟醫院吧。咲太如此心想，拎起書包。

「等一下，梓川！」

正要來到走廊時，某人從後方抓住他的肩膀。

咲太轉頭一看，發現班上同學上里沙希從下方瞪著他，雙手扠腰一副氣沖沖的樣子。

「什麼事？」

「你是打掃值日生吧？你這三天都蹺掉，所以今天你自己一個人掃。」

咲太檢視貼在教室牆上的輪值表。正如沙希所說，輪到座號在前面的組別打掃教室。

看來是被二十四日即將發生的車禍分散注意力，所以下意識地蹺掉了。

「抱歉。知道了，今天就我掃吧。」

咲太將書包放回自己的桌上，打開教室後面的打掃用具櫃，拿出T字掃把，從後方往前方集中垃圾。

「等一下。」

咲太抬頭一看，發現追過來的沙希臉上又掛著不滿的表情，繞到他前面。

「什麼事啊？」

「你為什麼不回嘴？」

「啊？」

「你腦袋出問題了嗎？」

「錯的人是我，而且要我自己掃的人也是妳吧？」

既然蹺了三天，咲太認為這是合理的處罰，沒什麼好回嘴的。

「不管啦！」

沙希心情很差，不知道她對什麼事情不高興。

「怎麼了，和國見處得不順利嗎？」

「這方面很順利喔。」

「那太好了。祝兩位永浴愛河。」

咲太重新開始打掃，同時以平常的音調說了。

「啥？」

咲太說了什麼不該說的，使得沙希不高興地回以「啥？」這種反應嗎？

「梓川，你不是反對我和佑真交往嗎？」

咲太懶得回應，就這麼繼續打掃。

「莫名其妙。」

這句話才莫名其妙。

「喂，你有在聽嗎？」

咲太原本打算這次也裝作沒聽到，但可能會讓她更反感，所以不得已只好開口。

「沒反對。畢竟妳應該有我不知道的魅力吧。」

「這是怎樣？」

「我和國見聊天的時候，有時候會覺得他真的很喜歡妳。」

「……」

沙希一直以不悅的眼神看著咲太，卻沒將心情化為話語說出口，或許是大致接受了。咲太但願如此。

「梓川，你掃靠窗那半邊。」

「啊？」

咲太從打掃工作抬頭一看，發現沙希從打掃用具櫃拿出掃把，無視咲太疑問的視線，開始打掃靠走廊的半邊教室。

「上里同學，妳在做什麼？」

「打掃。」

這種事看了就知道。

「為什麼？」

「因為我也是打掃值日生。」

「……」

感覺亂七八糟，對話牛頭不對馬嘴。即使如此，沙希似乎願意幫忙打掃，所以咲太決定老實地收下這份善意。

「我說啊，上里。」

「……」

沙希連看都不看這裡。她將屁股朝著咲太，認真打掃。

「我不想被國見宰了，所以別在我面前彎腰彎太深啊。」

沙希瞬間理解這個建議的意思，連忙按住裙子後方，明顯一臉氣沖沖地轉身。

「去死吧。」

稍微瞥見的是運動短褲。希望她原諒。

「放心，本來就預定這樣了。」

咲太不禁如此自暴自棄地呢喃。

「你剛才說什麼？」

由於音量不大，沙希似乎沒聽到。

「我說謝謝妳幫忙打掃。」

沙希停下動作，和咲太四目相對，卻又立刻移開視線。

「你……你是笨蛋嗎？」

隱約有點難為情的小小聲音。沙希完全背對咲太動著掃把。

「妳剛才說什麼？」

「我說你去死吧。」

「啊～～是是是。」

咲太不禁苦笑。並不是在笑沙希的態度。在現在這種狀況下還能進行這樣的對話，咲太覺得很好笑。在得知即將面臨的命運沒多久，卻察覺死對頭沙希新的一面，咲太莫名覺得好笑。

如果只有兩人打掃，教室也挺大的，花了平常三倍的時間終於完工。人數只有三分之一，所以真要說的話也是理所當然。一個人掃應該會花更多時間吧，得感謝沙希才行。

放學班會結束至今超過三十分鐘，校內的放學氣氛已經散去，進入社團活動的時間。

咲太像是要逃離這個陌生氣氛，迅速換好鞋子離開校舍，走向校門。

途中，咲太察覺某個聲音而停下腳步。像在打節奏的彈球聲，又大又重的球彈跳的聲音。這個聲音來自體育館。

平常的話不會留意，但是在今天，咲太的腳心血來潮地走向體育館。

可以從戶外直接進入的金屬門完全開啟，能清楚看見體育館裡的樣子。像是一群一年級的女生站在一旁說著「國見學長果然好帥」、「但他和上里學姊在交往吧」、「就算他們分手，妳也沒希望啦」聊得很熱絡。

話題人物俐落地運著兩顆球，感覺正在暖身。

咲太看了一陣子之後，佑真大概是察覺到視線，看向這裡。彼此四目相對，他就在瞬間露出疑惑的表情，接著將一顆球射籃，輕盈地運著另一顆球走過來。順帶一提，射籃的球畫出美麗的拋物線漂亮進網。空心球，響起「啪唰」的舒暢聲響。旁邊的那群女生開心尖叫。

「怎麼了？」

「我才要問你怎麼了吧？」

「啊？」

「你要多受女生歡迎才會滿足啊？」

「正在和櫻島學姊交往的你沒資格對我說這種話。」

佑真哈哈大笑。

「哎，因為我的麻衣小姐超可愛啊。」

「什麼嘛，事到如今還來炫耀？」

「怎麼可能。」

「不然說真的，怎麼了？」

佑真以指尖旋轉籃球。

「來看看你。」

「講得一副好像你是我女友一樣，這是怎樣？」

「原來上里會講這種話啊。」

「她也有可愛的一面啊。」

佑真會定期像這樣幫沙希說好話，大概是知道咲太和她處不好吧。看來佑真個人希望好友與女友維持良好關係。

「總之，就是關於這個女友的事。」

要是沒任何理由，佑真似乎會繼續追問，所以咲太決定跟著這個話題走。

「上里怎麼了？」

「她幫我打掃，所以找時間幫我跟她說聲謝謝。」

「這是怎樣？」

「想知道的話，你就一邊調情一邊問她本人吧。」

「哎，我會正常問就是了。」

「抱歉打擾啦。」

咲太不求回應，一個轉身就迅速離開體育館。

「咲太。」

佑真從後方叫他。

「……」

咲太默默轉頭。

「再見。」

佑真說的是簡單的道別，註定會再見的兩人進行的日常對話。

「……」

咲太僅以視線回應。明明只要說「好」或「再見」就好，卻連這都說不出口。明天也要上學，在打工的地方只要排到相同班表就有機會見面吧。這並不是最後，所以說聲再見不成問題。

即使如此，咲太依然沒回應，因為他心中有種明顯的抗拒感。不知何時，對於未來的不安穩穩地坐在咲太內心的正中央。

「不好笑。」

咲太嘆息般說完走出校門。在響起警報聲的平交道前面，咲太自覺某種情感逐漸控制自己。現在回想起來，剛才對籃球聲產生反應也是連結到相同的情感，會心血來潮去看佑真也是如此。

「不知道有沒有下次」的想法在心中生痛。咲太的本能有這種感覺。

一旦察覺就很單純。

咲太以為自己還在煩惱該做哪種選擇，但情感的天秤在這四天內朝其中一方傾斜。在咲太自已察覺之前就傾斜了。

而且，一如往常和好友的平凡對話使他察覺這個重要的變化……如此而已。

完全沒有戲劇性的要素，世間就是這麼一回事吧。沒人知道什麼事物會成為契機。這次的契機是佑真，咲太對此露出自嘲的笑。

從鎌倉開往藤澤的電車緩緩穿越放下柵欄的平交道。這是咲太要搭的電車，但事到如今也趕不上了。

由左而右行駛而過的電車停在越過一條小河的小車站月臺。警報聲停止，柵欄上升，咲太的周圍回復寧靜。

「發生什麼好事了嗎？」

這個聲音突然從旁邊傳來。熟悉的聲音，不用確認就知道是誰。

「雙葉……」

站在咲太旁邊的是理央。

看來是以警報聲與電車聲隱藏氣息，所以咲太沒察覺。

「妳的社團活動呢？」

平常的話，理央放學後會在只有一名社員的科學社努力進行社團活動。

「我在物理實驗室的窗邊看到你，所以決定今天放假。」

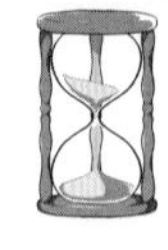

這個理由和咲太預料的差很多。還以為是顧問老師有事沒能留在學校之類的……

「這是在對我示愛？」

「你最近在迴避我，所以我很在意。」

「……」

理央冷不防地使出這招，使咲太忘了回應。柵欄早就升起，但他甚至忘了要穿越平交道。

咲太的視線隱含驚訝之情。他以這雙眼睛注視理央的側臉。

「這週開始就變這樣了。」

「是妳多心了吧？」

咲太不認為事到如今還瞞得了，但還是做無謂的抵抗，沒有乖乖一五一十招供。

這次的問題終究無法找理央商量。能選擇的生命只有一個。咲太的未來？還是翔子的未來……不能讓理央背負這種重擔。

正因如此，咲太刻意迴避已經知道各種事情的理央。因為如果是理央，可能會從某些蛛絲馬跡推測出真相。

雖然是假設，但是大翔子來自未來這件事，理央依照事證說中了。咲太胸口的傷依然會產生奇怪的反應，理央可能由此聯想到這道傷不是後悔或無力感的顯現。咲太無法否定這一點。在感覺邏輯不通的時間點就懷疑假設的正確性，這種事發生在理央身上並不奇怪。

「發生了什麼事？」

「就說是妳多心了。」

「如果是你週日昏倒的事，我已經知道了。」

「……」

「我也知道翔子小妹進了加護病房……因為我昨天去過醫院。」

「這樣啊……」

填平護城河步步進逼，很像理央的作風。

「那麼，妳已經察覺了嗎？」

咲太舉白旗般說了。

「我想過這個可能性。」

輕聲細語的理央語氣隱含失望之情。大概是希望這個想法其實是錯的，希望咲太否認。

「因為你的傷出狀況的時候，也是翔子小姐出現的時候。」

她的雙眼筆直看著前方七里濱的海。穿越平交道放眼可見的景色，沿著平緩下坡通往海岸線的位置，距離應該不到一百公尺。如果是世界最快的男人，不用十秒就能抵達。

「妳真厲害。」

「翔子小妹與翔子小姐恐怕是基於量子理論無法相遇的個體，和我一分為二那時一樣。她們

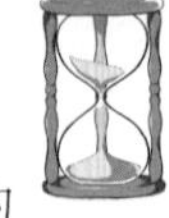

的軀體以及存在應該是被認知的時候才成形。」

「平常是以機率的狀態存在是吧？」

「沒錯，你最喜歡的量子力學話題。不過，你和翔子小姐的某個部分明明是相同的存在，你們卻相遇了。」

「……」

理央真的令咲太驚訝不已。她漂亮地說中真相。

「你的心臟原本不可以同時存在兩個，如今卻同時存在，所以你的胸口才會出現傷痕吧？扭曲世界的法則，導致世界產生反彈。」

咲太只能笑了。

「妳真的好厲害。」

「決定性的證據是你的態度喔。」

「我的？」

「你最近迴避我，我認為至少得基於這種程度的理由。」

「因為，這也無可奈何吧？我哪能找妳商量應該選哪一邊？」

咲太豁出去了，吐露真心話。理央製造機會讓他能夠如此輕鬆地宣洩。如今就算要帥也帥不起來。

「二十四日，我會出車禍。」

這麼一來，連日期都說出來會比較好。既然理央已經知道，她應該也需要時間做好心理準備吧。

「櫻島學姊知道嗎？」

平交道再度響起警報聲。

「知道。我們一起聽到的。」

「你們談過了？」

「說來丟臉，麻衣小姐先表明她的意願了。」

可以的話，咲太想先得出答案。但他說不出口，也無法回應。咲太以為自己當時只是不知所措，實際上或許不是如此。如今他覺得答案一開始就已經決定了。答案位於自己都沒發現的內心深處。

而且，這個答案會令麻衣心碎，所以咲太說不出口。

「雖然我只能這樣建議……」

柵欄再度放下。

「但你好好和櫻島學姊談一談比較好。」

「嗯，說得也是。」

「真的……只能這樣建議……」

理央的聲音微微變調，卡在鼻腔。

「只有妳會特地這樣建議我喔。」

這是咲太現在最感謝的事。有朋友願意斥責咲太的軟弱與躊躇，是最令咲太感謝的事。

「梓川，我……」

電車從映入眼簾的車站月臺起步，電車聲蓋過理央低著頭的細語，後續的話語也混入警報聲中聽不見。

只是，咲太隱約知道理央說了什麼。總是理性的理央輕聲說出只基於感性的話。

——我不要這樣。

她這麼說了。

理央微微動著的嘴唇在顫抖。她認為說什麼都會造成咲太的負擔，所以忍著沒有說下去。鏡片後方的雙眼噙著淚水。

電車緩緩行經的短暫時間。在這個被電車與平交道鈴聲封鎖的世界裡，咲太像是要藏起理央哭泣的臉蛋，輕輕將她的頭摟入懷中。

「抱歉，我不是國見。」

「為什麼你……這種時候也……這種時候也……」

理央的額頭抵在咲太的胸口。她的痛哭同樣被平交道鈴聲消除。

3

一定要好好面對麻衣。

被理央點醒之後，咲太如此下定決心。但是麻衣這天因為工作晚歸，隔天的週五以及週六安排了兩天一夜的行程，所以計畫沒能付諸實行。

晚上，抵達飯店的麻衣打電話過來，但咲太只有報告期末考的成果。

『看來下次得更嚴厲教導才行。』

「但我是愈寵愈進步的類型耶。」

彼此都沒提到二十四日的話題。大概是一致認為應該當面談吧。

而且一旦錯失討論的時機，本應下定的決心就會混入多餘的想法。

到底要在哪種狀況下，以哪種說法與態度談這件事？應該在家裡談？還是在從車站回家的路上談？抑或是在途中的公園談？一旦開始思考，思緒就連綿不絕，陷入沒有答案的迷宮。

如果有人曾面臨這種選擇，真希望他能指點迷津。即使是漫畫或電影的登場角色，應該都沒

什麼機會面對這種局面。老實說，即使再怎麼思考，到最後也因為沒什麼真實感而認為每一種結論都是錯的。

在咲太苦思不得其解的這段時間，太陽西沉又東昇，週末的星期日來臨。這天麻衣終於擠出空檔，兩人得以見面。

只不過，咲太早就說好要陪花楓改變造型，所以他和上午要工作的麻衣約好下午兩點在藤澤車站會合。

花楓當然也會一起去。

宣稱今天放假的金髮偶像也在會合地點。包括和香在內的四人搭電車到下下站的茅崎。

麻衣剛進入演藝圈時就幫她很多的髮妝師獨立之後在這裡開了一間店。

從茅崎站慢慢走也只要十分鐘就會到。這間髮廊位於可以近距離感受大海氣息的路邊。

那是如果咲太只有自己一個人絕對不會想靠近的時尚空間，店內雖小但生意興隆。

「因為我有『櫻島麻衣指定光顧』這個最棒的宣傳標語。」

投以豪爽笑容的女性就是照顧麻衣至今的店長，感覺是一位非常適合褲裝的帥氣成熟女性，年齡大概是三十五到三十九歲吧。

花楓立刻被帶到鏡子前面，一臉緊張地和店長、麻衣、和香討論髮型。每次提出意見，店長就觸摸花楓的頭髮，在檢查髮量與髮質的同時提供建議。

上軌道之後，咲太就無事可做了。

他坐在店內沙發上，雖然沒什麼興趣，還是打開男性愛看的數位產品雜誌。內容編列最新手機情報與高音域音樂播放裝置的特輯。看向價錢，每一種都破五萬圓，幾乎快十萬。盡是高中生很難買得起的東西。

揚起視線一看，發現花楓變成了晴天娃娃的模樣，店長的剪刀帶著節奏感修整髮梢。

映在鏡子裡的花楓還是一臉緊張，卻也可以從眼神感受到努力的意志。今天她來到這裡，並不是因為喜歡上哪個男生。對花楓來說，這也是上學的重要步驟。

咲太再度翻閱雜誌，此時和香來到身旁。

「二十四日，我演唱會結束會立刻回來。」

她一坐下就這麼說。

「盡情和粉絲們度過快樂的時光吧，小香。」

「別叫我小香啦！」

「不然要怎麼叫？」

「和香大人。」

「要珍惜粉絲喔，和香大人。」

「不……不要真的這樣叫啦！」

「在店內要安靜喔，和香大人。」

幾名店員投以驚訝的視線。

「總……總之，我會立刻回來。」

和香降低音量，肩膀也跟著縮起來，個頭變嬌小了。

「蛋糕會留妳的份啦。」

「我沒在擔心這種事。」

和香瞪了過來。

「所以是擔心炸雞？」

「可以離開食物的話題嗎？」

「妳也差不多該離開姊姊獨立了吧？」

咲太自暴自棄地回嘴。

「不要。」

和香簡短、果斷地回應。看來她已經不想隱瞞自己喜歡姊姊的事實了。不，她從一開始就完全沒有要隱瞞的意思。畢竟在「豐濱和香」的官方簡介，「喜歡的東西」欄位上就光明正大地寫著「櫻島麻衣小姐」。經紀公司居然准許這樣刊登。

「這麼說來，麻衣小姐最近怎麼樣？」

咲太瞥向麻衣觀察。她站在花楓後面，包含店長在內，三人不知道在聊什麼，偶爾會綻放高雅成熟的笑容。

頭髮也剪得很順利。

「不告訴你。」

「別這麼小氣啦，小香。」

「……」

「和香大人？」

「咲太，你真的很幸福耶。」

「怎麼突然這樣講？」

「因為啊，那個姊姊很期待和你一起過聖誕節耶。」

「像是要做什麼菜、要買哪一家的蛋糕……姊姊每天努力變得更漂亮也是為了你吧？」

不滿的視線從旁邊刺向咲太。

「最後那一項，也是因為工作所需吧？」

因為麻衣為防曬黑，連夏天都穿著黑褲襪。

「我一直以為姊姊不會煩惱要穿什麼衣服給男朋友看。」

「好羨慕妳喔。我沒看過這樣的麻衣小姐。」

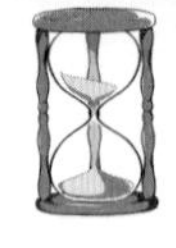

「想得美，我才不會讓你看到姊姊這一面。」

「光是想像就好可愛耶。」

「不准拿我的姊姊想入非非。」

和香作勢要踩咲太的腳。咲太先躲為妙。

「不准躲！」

「要踩我的話，先脫掉那雙靴子。」

每走一步就會響起清脆悅耳聲響的鞋跟，怎麼看都是凶器。

「明明是姊姊的話就願意被踩……」

「因為是麻衣小姐啊。」

如果被女友的妹妹踩會覺得開心，那就是變態了。

「要是你敢弄哭姊姊，我會毫不留情地踩你。」

「妳剛才也認真想踩吧？」

「我是說正經的啦！」

和香狠狠地瞪過來。咲太即使察覺，卻沒回應她的視線。

「我知道。」

他假裝在看雜誌，只回以這句話。

接下來的未來，不久之後的未來，咲太已經知道了。正因為知道，所以無法率直地依照自己的心意發誓絕對不會弄哭麻衣。咲太即將違反這個承諾……

所以，他說不出這個謊。

「……」

「咲太？」

和香窺視沉默的咲太。閃亮的金髮填滿視野。

「豐濱。」

「幹嘛？」

「我快被閃瞎了。」

「哪會啦，笨蛋。」

「就是會啦，笨蛋。」

這種沒營養的互動持續一陣子之後，直到剛才一直聽到的吹風機聲音停止了。

「好，完成了。」

店長的聲音傳入耳中。

花楓脫掉晴天娃娃的服裝，緩緩起身，有些顧慮地轉向咲太。

她遲遲不肯看過來。即使視線在瞬間相對，也忸忸怩怩地移開。雖然這樣的態度稚嫩，但拿

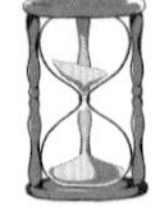

掉辮子的髮型看起來比以前成熟。長度幾乎沒變，不過因為整體輕盈地往內捲，感覺短了一點。

「會……會怪怪的嗎？」

「妳啊，講這種話對店長很失禮吧？」

「不……不是那個意思啦～～沒那個意思。」

花楓向咲太抗議，接著規矩地向店長解釋這是誤會。成年人店長當然了解這種事。

「看起來像國三學生，很好吧？」

「看起來不會感覺得意忘形嗎？」

「花楓，妳在挑釁豐濱？」

「啊？為什麼？」

突然被點名的和香問了。

「這樣才叫得意忘形。」

咲太像是感到刺眼般瞇細雙眼，打量和香的金髮。

「我哪有得意忘形啊！」

「麻衣小妹的男朋友真風趣耶。」

聽店長這麼說，麻衣只有曖昧一笑。咲太沒有特別得到什麼誇獎。

「哥哥，所以到底怎麼樣？」

「不花俏也不俗氣，完全符合計畫。」

「唔，嗯。」

花楓靜不下心，雙手在身體前方摩擦，但還是不時確認鏡子裡的自己。看她嘴角開心似的微微揚起，應該是很喜歡髮型本身吧。只是還不習慣自己的改變，只在意周圍的反應，才會心神不寧。咲太認為再過一段時間就會習慣。

「麻衣小妹也要修一下嗎？」

「啊，我電影還沒拍完。」

「修個髮尾沒關係吧？畢竟聖誕節快到了。」

店長朝咲太投以別有深意的視線。

「這段時間為了打片，各節目也發通告給我，所以結束之後再麻煩您。」

對了，咲太聽麻衣說她明後兩天又要待在金澤不回來，好像是要上綜藝節目打片。麻衣先前提過要和主持節目的男主播參觀電影外景片場。是晚上七點開播的大眾節目，咲太也看過。

「和香小妹上週才來過，所以不用修吧？」

「是的。」

「妳也來這裡？」

「咲太，你有意見嗎？」

「妳真的超喜歡姊姊耶。」

「而且比你喜歡喔。」

「我比較喜歡啦。」

「你的資歷和我差得遠了。」

「是是是。那麼，第一名的寶座讓給妳坐吧。麻衣小姐就拜託妳了。」

「啊？」

咲太難得讓座，和香卻回以不滿的聲音。但咲太沒有繼續應付和香。他感受到視線，注意力集中過去。

「……」

不發一語地看著咲太與和香互動的麻衣即使和咲太四目相對依然沒說話。感覺她的雙眼深處隱藏某種意志，不過直到結帳走出店門口，麻衣都沒插嘴。

咲太等人在店長目送之下離開髮廊，沿著原路走回茅崎站。途中，花楓頻頻在意頭髮被風吹亂。只要麻衣迅速幫她撥好頭髮，她就回以開心的笑容。

「明天早上，妳可以自己整理嗎？」

總不能每天早上都由麻衣整理。

「依照剛才教的去做就沒問題喔，對吧？」

「是……是的。」

剛開始，花楓面對藝人「櫻島麻衣」真的很緊張，但是經過這幾週應該已經習慣多了。如今她面對麻衣的態度像是看著自己崇拜的大姊姊。

聊著聊著，咲太等人抵達茅崎站。

筆直走向驗票閘口的麻衣在閘口前方停下腳步。

「和香，不好意思，可以送花楓回家嗎？」

「嗯？姊姊呢？」

「其實，我接下來和咲太有約。」

正感到詫異時，麻衣突然這麼說。如果咲太記得沒錯，他沒有和麻衣約好要做什麼，也沒有預先以眼神打暗號。咲太投以視線要求她說明也沒得到回應。說起來，麻衣根本沒看他。

但是無論如何，咲太原本就希望接下來麻衣把時間留給他，所以決定配合。

「花楓，妳沒有我也回得了家嗎？」

「搭電車才兩站，沒問題啦～～」

花楓一副氣沖沖的樣子，要求哥哥不要瞧不起她。

「哥哥，你以為我幾歲了？」

「我以為妳『身體是國三，心靈是國一』。」

「今天也是，就算哥哥沒一起過來也沒問題的。哥哥陪著我，我有點不好意思。」

「花楓願意離開哥哥獨立，我好開心。」

「這是在酸我嗎？」

「豐濱，妳就當個戀姊偶像繼續活躍吧。」

「用不著你這麼說。」

「花楓，對不起喔，咲太借我一下。」

「好的。如果不介意是這樣的哥哥，請隨意。今天謝謝您。」

花楓鞠躬道謝。

「不用客氣。」

麻衣以笑容回應。

「哥哥也……姑且……那個，謝謝。」

「不用客氣～～」

「哎喲～～這是怎樣啦～～」

花楓不滿地鼓起腮幫子。

「姊姊，多久回來？」

旁邊的和香隨口詢問麻衣。她是在問麻衣大概幾點回來。

「應該會……晚一點。」

麻衣沒有明確回答。

接著，和香以視線警告咲太。不知道她究竟在想像什麼。花楓也微微臉紅，肯定是想歪了。

雖然這麼說，要是辯解或說明會愈描愈黑，所以咲太決定放任兩人誤會下去。要解釋真相反而比較難。

麻衣之所以沒否認，想必也是得出類似的結論。

「……」

只不過，麻衣緊閉雙脣的側臉感覺隱藏著某種咲太不知道的情感。咲太一邊思考這種情感的真面目，一邊目送花楓與和香通過驗票閘口，但是到最後都沒得出答案。沒答案也無妨，因為接下來的時間應該是要用在尋找答案上。

問題在於首先要去哪裡。咲太沒想到在茅崎站就能和麻衣單獨相處，所以毫無計畫。平常不會來這種地方，所以對這裡不熟，只知道這裡也屬於湘南區域。既然這樣，往南走應該看得到海。實際上，髮廊附近就有海的氣息。

「雖然感覺會像是往回走，要去海邊嗎？」

咲太如此搭話，但麻衣不在身邊。

「咦？」

不知何時，麻衣走向了售票區。她站在售票機不遠處，仰望車資表與路網圖。

「要去哪裡嗎？」

咲太走到麻衣身旁詢問。

「沒錯。」

「哪裡？」

「遠方。」

麻衣留下簡短的回應，獨自先邁開腳步。她走向車站的驗票閘口。

「啊，麻衣小姐，等我。」

咲太追著她穿過驗票閘口。

麻衣帶咲太來到東海道線的月臺。是從藤澤站載咲太他們過來的電車，搭上行電車就可以回到藤澤站，但咲太與麻衣位於下行電車月臺，往前是通往小田原、湯河原、熱海等站。

「麻衣小姐，要去哪裡？」

「電車來了。」

咲太不知道要去哪裡，就這樣跟著麻衣搭上開往熱海的電車。電車外觀是銀底加上綠色與橙色條紋。

兩人並肩坐在空位上。車門關閉，電車起步之後，咲太陷入某種似曾相識的感覺。他之前也和麻衣一起搭過這條路線的電車。

是今年春天發生的事。

認識麻衣，得知麻衣的思春期症候群，為了知道影響範圍而一時衝動搭的電車，就是下行的東海道線。

「真懷念啊。」

率直的感想輕聲脫口而出。

「……」

麻衣不發一語，也沒看咲太。

「已經是半年前的事了嗎……」

「才半年喔。」

「我的人生多虧麻衣小姐而變得充實，才會覺得時間過得快吧。」

「……」

「那個時候，我沒想到會和麻衣小姐交往。」

並不是沒有非分之想，和這麼漂亮的學姊在一起很開心，咲太很高興麻衣願意這樣陪他，但也不是沒期望更進一步，不是沒想過更進一步。既然透過思春期症候群接近麻衣，就想好好享受這個難得的機會。

撒嬌之後被生氣、被罵的每一天，麻衣還說他囂張。當時的咲太受到「送醫」這個傳聞的影響，麻衣卻沒誤信傳聞，從一開始就看著真實的咲太。依照自己所見、自己所感來面對咲太。

會覺得這樣很舒服是非常自然的事。即使被捏臉頰、被踩腳，只要對方是麻衣，就是開心的親密接觸。而且麻衣也不是當真要動手，對兩人來說，這像是一種嬉戲。

這樣的點點滴滴累積成「喜歡」，後來喜歡也愈積愈高，變成「好喜歡」。

這半年來，咲太和麻衣度過這樣的時光。這是麻衣所賜予的，真的是非常快樂、充實又安詳的時光。

咲太回顧這份心意以及兩人共度的日子，在麻衣身旁述說。電車約五十分鐘後抵達終點熱海站。這段時間，咲太幾乎都是自己一個人說話。

4

抵達終點熱海站的時間是下午六點多。

週日的溫泉鄉車站在日落的現在冷冷清清，明明聽到停車的電車空調聲，卻有股不可思議的

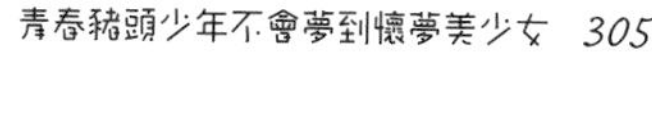

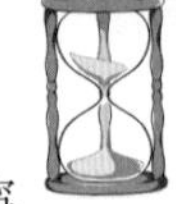

寧靜。或許是因為有冬季的冰冷空氣助陣。

麻衣下車之後先左右張望尋找時刻表，找到之後前往時刻表前方。

「……」

她一臉嚴肅地檢視電車發車時間。

看來熱海不是麻衣的目的地。這麼一來，是要從這裡前往更遠的地方嗎？或許打算前往大垣來一場回憶之旅。可是既然這樣，麻衣剛才為何完全沒和咲太一起聊回憶……

「開得最遠的電車是哪一班？」

麻衣說的這句話似乎推了咲太的預感一把。

「東海道線一直搭下去，至少應該可以到大垣。」

實際上，咲太與麻衣春天就去過那裡，麻衣應該也知道。如果要去更遠的地方，移動方法就沒那麼多。

「轉搭新幹線的話，應該可以搭到大阪吧？」

雖然新幹線只有小玉號會在熱海停車，不過只要到名古屋轉搭，就有直通山陽、九州的新幹線，可以經由西方往南走。

「開往出雲市的這班呢？」

麻衣指尖觸摸時刻表下方，時段較晚的電車。

「這裡的出雲，是出雲大社的出雲？」

咲太反問。

「好像也有開往高松的班車。」

「四國的？」

大概是香川縣吧。咲太認為應該有哪裡誤會了，仔細檢視時刻表。二十三時二十三分的電車確實開往出雲市與高松沒錯。看到「臥鋪」兩個字，謎底就一下子解開了。看來正如其名，是在深夜出發，早晨抵達的臥鋪列車。同一時間還有開往不同地方的電車發車，是因為各班車直到途中都是連結行駛的狀態。

換句話說，出雲與高松都是咲太想像的出雲與高松沒錯。

「搭這班車就可以到出雲吧？」

「應該是。」

「有特別的車票嗎？」

「應該吧。」

咲太沒搭過所以不確定，但日本的電車路線值得信賴，應該沒錯吧。

「去問問站務員吧。」

麻衣牽起咲太踏出腳步。

「咦？等一下，麻衣小姐？」

「……」

麻衣沒停下腳步，拉著咲太前進。

「要去哪裡？」

「站務員那裡。」

「我不是問這個，是在問目的地。」

「遠方。」

「就說了，『遠方』是到多遠的地方？」

「很遠的地方。」

「……」

「就這麼一直搭電車，前往比那天還遠的地方。」

「臥鋪列車最近很受歡迎，或許買不到票吧？」

咲太委婉地暗示，麻衣終於停下腳步。但她沒轉身。

「既然這樣，搭普通電車就好。」

「現在搭的話，頂多大概到大垣吧。」

記得現在的時段和那天的出發時間差不多。

「搭到沒電車之後，住在陌生的城市就好。」

「住同一個房間？」

「你想的話。」

「聽起來好像一場美夢耶。」

「天亮之後繼續出發。」

「去遠方？」

「沒錯，遠方。兩人一起去很遠的地方，很遠的地方……」

麻衣含糊地說出的話聽起來冰冷，咲太卻察覺話語深處某種情感在顫抖。並沒有壓抑，也不是不為所動，只是過於龐大的情感在動搖，使得麻衣面無表情。正因為咲太內心也有類似的情感，所以知道這份情感的真面目。

因為咲太就是為了面對這份情感才空出和麻衣溝通的時間……麻衣應該也是如此……

「聽起來超好玩的。」

「對吧？」

咲太在內心描繪麻衣述說的旅程，由衷這麼說。

「真的，聽起來超好玩的……」

「既然這樣……」

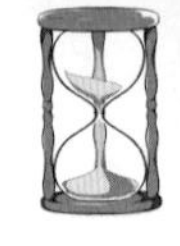

「不過，麻衣小姐，妳是在開玩笑吧？」

「……」

麻衣肩膀顫抖。

「我才要說……」

劇烈顫抖。

「我才要說，你不要開玩笑了！」

從喉嚨深處嘶吼的聲音聽起來也像是撕裂布料般的哀號。麻衣在嘶吼的同時轉身，眼神漆黑混濁，瞪向咲太的犀利目光使咲太為之一顫。

「！」

從沒看過麻衣這樣的表情。

「我……不想聽這種話。」

「……」

「也不想聽你說往事。」

「麻衣小姐……」

「我想和你說的是未來的話題。」

「……」

麻衣打從一開始就無暇在意車站旅客的目光。咲太面前的麻衣令人提心吊膽，宛如稍微碰觸就會毀損的脆弱人偶。赤裸裸的情感筆直刺向咲太，咲太無法移開視線。因為麻衣散發出虛幻的氣息，如同一眨眼就會消失……因為她一臉受傷的表情……

「不要對和香與花楓講得像是訣別好嗎？有問題的是你吧！」

「……」

「回答我！」

「……或許吧。」

在學校和佑真與理央見面的時候，咲太已經是這種心情了。這是事實。身體與嘴巴自然而然就是這麼動的。

剛才和花楓與和香道別時，心情上也傾向於訣別，所以才會有那樣的對話吧。

「不要擅自放棄好嗎……」

「……」

「不要自己一個人決定好嗎……」

「這種事，我不能讓麻衣小姐背負。」

「我是你的誰？」

麻衣說出這句話的瞬間，雙眼微微晃動。咲太認為這是對麻衣而言很丟臉的一句話，是麻衣

絕對不想說的一句話。所以麻衣原本不想說，但感性超越了理性，現狀顧不了這麼多了。

「女友。」

「所以，要一起背負……」

「……」

「背負翔子小妹的生命……」

「……」

「背負人生……」

麻衣咬緊牙關，瞪視般仰望咲太。

「這樣的話……會痛的，麻衣小姐。」

「為什麼啦！」

咲太活下去，就代表大翔子本應接受的心臟移植手術不再存在。翔子或許會找到別的捐贈者而撿回一命，但咲太不認為這個世界會這麼順他的心。

如果自己活下去會害得翔子無法得救，咲太沒有興致歡迎這樣的未來。小翔子一直努力到現在，在艱困的境遇中依然拚命表現出開朗積極的模樣努力到現在。要是翔子得救的未來改變，自己得以繼續活下去，咲太將會心痛得無以復加。

咲太不想讓麻衣背負這份痛楚。兩人還沒成為沉溺於己身慾望的成人，無法抱著這種罪惡感活下去。咲太內心僅有的一點潔癖不允許他這麼做。

更重要的是，咲太一直想歸還某個東西，好好歸還大翔子送給他的東西。翔子兩年前救了他，前幾天也救了他，還教他人生要為了什麼而活，咲太不想搶走翔子最重要的東西。

「我啊，有些時候也想好好表現啊。」

「你一直表現得很好。」

「要是沒有好好表現，會對不起大家。」

「咲太，只要看著我一人就好！」

「國見與雙葉不在意奇怪的傳聞，願意和我做朋友。因為有他們，我才走得到今天。」

「……」

「『楓』為我著想，願意當我的妹妹，我不能讓她看到哥哥丟臉的一面。『花楓』終於回來了，我不想讓她看到哥哥很遜的一面。」

「為什麼……為什麼……」

「還有被我捉弄依然願意和我來往的古賀跟豐濱……救過我好幾次的翔子小姐……」

「……」

「我不想讓喜歡我的人們失望。」

「就算是我的要求？」

「如果是麻衣小姐的要求，我都會答應。」

「既然這樣！」

「不過，現在我只有一個要求不會答應。」

「我不想聽！」

麻衣雙手摀住耳朵抗拒，就這麼低著頭。

「求求你……就這樣一直和我在一起。」

她以微弱的聲音呢喃。

「聖誕節結束之前，陪在我身邊。」

「……」

「一直陪在我身邊。」

麻衣向前一步，額頭貼著咲太的肩膀。

「一起搭電車，能去多遠就去多遠……」

「這樣……應該會很開心吧。」

「對吧……」

「要是可以這樣旅行，真的一定會很開心……」

後續的話語已經帶著放棄的音調。正因為是無法實現的願望，才認為若能實現該有多好。

「可是，麻衣小姐，不可以這樣。」

「為什麼！」

「明天還要上學。」

咲太說出口的是如此切身的理由。理所當然，就像媽媽會對孩子說的理由。

「請假就好。」

「還得早點起來幫花楓準備早餐。豐濱也不會做飯吧？」

「……」

「而且，麻衣小姐明天也要工作。」

「這種事……」

「豐濱之前說過喔。櫻島麻衣發燒得再嚴重，也不會讓工作開天窗。身體狀況再差，同樣敢跳進寒冬的大海。」

「……不重要。工作不重要！」

「不可以啦，信賴麻衣小姐的人們會很困擾。」

「比起失去你，這種事一點都不重要！」

麻衣緊緊捏著咲太的外套，甚至感覺得到她絕對不會放手的堅定意志。正因如此，咲太才說得下去，可以冷靜說下去。

「我啊，好喜歡麻衣小姐。」
「……」
「也喜歡工作時的麻衣小姐。」
「現在不是在跟你講這個！」
「每次看到麻衣小姐上電視或雜誌封面，心裡就覺得『我的女友超可愛』。」
「我想聽的不是這種話……」
「雖然總是很忙，沒什麼時間約會，這讓我有點遺憾……」
「所以我不是說了嗎？接下來我們要永遠在一起！」
「不過，我想陪伴的麻衣小姐是平常的那位麻衣小姐。」
「……！」
咲太不經意的這句話使得麻衣語塞。她倒抽一口氣沉默下來。
「嚴以律己，看起來對我同樣嚴格，其實卻非常寵我。我最喜歡這樣的妳啊……」
咲太說到一半，眼角變得溫熱，鼻腔不禁一酸。咲太拚命壓抑，等待情感的浪濤過去。要是現在哭出來，一切都完了。克制到現在的一切將會決堤，想和麻衣一起逃離，前往出雲、高松，甚至更遠的地方。但是咲太不能這麼做，所以他拚命忍耐。
「……好吧。」

麻衣平靜的聲音填滿咲太的沉默。

「……麻衣小姐？」

「沒關係。」

「……」

「只要你願意活下來，就算討厭我也沒關係！」

麻衣隨著滿溢而出的心意抬起頭。

「……」

咲太看到麻衣這張表情的瞬間，腦中一片空白。她淚眼汪汪，淚水當著咲太的面，沿著臉頰滑落。

「一直……就這樣和我在一起……」

麻衣像個小孩一邊吸著鼻水一邊哭泣。沒有美麗或英氣可言，毫不修飾的赤裸裸的心意，就只是很直接地表露最純粹的心意。

「一直在一起……」

「……」

罪惡感使得咲太的身體嘎吱作響。他從沒想像過麻衣會像這樣哭泣，不去想像麻衣會為他這樣哭泣。

因為本應下定的決心將會動搖……

「聖誕節結束之前，和我在一起……在那之後，就算討厭我也沒關係！」

「我辦不到。」

「為什麼！」

「我不可能討厭妳。」

「為什麼……為什麼……」

麻衣無力地癱坐在原地。咲太為了扶住麻衣，也一起跪在月臺上。

「因為我永遠喜歡妳。」

咲太輕輕將麻衣摟入懷中，手繞到她的背後安撫她。

「騙人……」

麻衣的聲音悶在咲太的胸口。

「我發誓會永遠喜歡妳。」

「騙人……」

「一直喜歡妳。」

「你騙人……不過，騙人的是我。」

「……」

「我不要被你討厭……」

麻衣的手緊捏咲太的上衣，捏到幾乎生痛。

「不想被你討厭啦……」

接著，她放聲大哭。

「嗚……嗚啊啊……嗚啊啊啊啊啊啊……」

麻衣被情感吞沒。咲太沒有任何能說的話，甚至也沒能緊抱她，只能抱著罪犯的心情將她的悲嘆深深刻在自己的耳膜。

5

從熱海返回藤澤的電車上，咲太與麻衣沒有交談。在想盡量避人耳目而挑選的商務車廂座位上，麻衣一直看著窗外。

麻衣哭腫的雙眼映在夜晚的車窗玻璃上。咲太即使衝動地想說幾句話，依然拚命克制自己的情感。因為一旦鬆懈就會破殼而出的另一句真心話可能會不小心脫口而出……

要是說出口，應該會回不去，所以咲太不說。不能說。

由於在熱海站等待麻衣平復心情，所以抵達藤澤站的時候已經是晚上十一點多了。加上是星期日的深夜，所以有一股莫名的悲傷。聖誕節的閃亮燈飾反而凸顯陰暗的心情。

從車站回家的路上，咲太與麻衣同樣不發一語。

甚至不時聽得到麻衣吸鼻水的聲音。即使看向旁邊，視線也沒有相對，彼此卻也沒有拉開距離，兩人就這樣走到公寓門前。

「麻衣小姐，晚安。」

「晚安。」

彼此終於說出口的只有這句話。

麻衣腳步蹣跚地進入自家公寓。咲太確認電子鎖大門開啟，麻衣進入建築物之後，也走進對街的公寓。

在電梯裡獨處。

沉默好沉重。

感覺到壓抑至今的情感快要在體內暴動，知道自己忍耐著不說的話語湧上喉頭。

因為刻意不去意識，所以能夠克制至今；因為刻意不去思考，所以能夠無視至今；因為不曾近距離感受到死亡，所以自認不要緊。

可是，麻衣哭泣的臉龐讓咲太學到了一切。

學習到「死」為何物……

電梯抵達。

以沉重的腳步走到玄關前面，轉動鑰匙開門。

室內開著燈。玄關、走廊以及深處的客廳都是亮的。

大概是察覺到開門聲，翔子從客廳現身。

「咲太小弟，你回來啦。」

一如往常的翔子的笑容。會原諒咲太的溫柔笑容迎接他。這張笑容過於耀眼，使得咲太看向下方。

「麻衣小姐今天也住自己家？」

「是的……」

咲太就這樣低頭輕聲回答。

「這樣啊。」

「……花楓呢？」

咲太沒抬頭，簡短詢問。

「已經休息了。她好像很喜歡那個髮型，非常開心。」

「嗯……」

「要先洗澡嗎？如果餓了，我可以幫你做點吃的。」

咲太想脫鞋，腳卻動不了。

「翔子小姐，我……」

咲太終於抬頭一看，發現翔子依然掛著微笑。

「……」

這張溫柔的表情令咲太看得入迷。

「不可以喔，因為你已經有一位出色的女友了。」

翔子稍微開玩笑地說，不過考量到花楓在睡覺，所以輕聲細語。

「沒錯。麻衣小姐是我超級引以為傲的女友。」

「好讓人嫉妒耶。」

「所以……」

忍耐到極限了。聲音已經變調，帶著哽咽。

「我不想害麻衣小姐那樣哭泣。」

將這份單純的情感化為言語之後，搖晃身體的力道遠遠超過想像。這股力量撼動內心，在全身各處穿梭。

沒想到自己體內有如此強烈的情感。

「再也不想……害她那樣哭泣了……」

因為是深夜，因為花楓睡了……咲太咬緊牙關，壓抑聲音。

「所以……所以，翔子小姐……」

在悲嘆的咲太面前，翔子一直帶著溫柔的笑容。

「嗯，什麼事？」

「所以，對不起，翔子小姐……」

咲太不敢看著翔子說。身體像抽筋一樣發抖，雙腿使不上力，當場跪倒。他像要克制自己發抖般抱住身體，跪著吐露自己內心最深處的情感。

「我……想活下去。」

止不住顫抖。至今沒經歷過的陌生反應囚禁著身體。好害怕、好悲傷、好丟臉……但因為翔子在這裡，所以好溫暖。

「我……想要活下去……」

過於理所當然，平常不會祈求，發自心底的願望。不曾為了要活下去而求取原諒，因為沒這個必要，因為活著是理所當然……

不過，這個願望正是小翔子總是懷抱著的想法，光憑想像實在想像不到的唯一心願。想活下去。這就是一切。

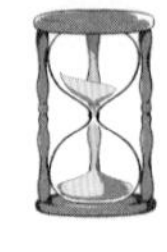

正因如此，咲太認為不能向翔子許願「想活下去」。這是不能說出口的話。

然而比起這份理解，咲太的身體依然優先許下這個強烈的心願。以自己為優先。試著拒絕吐露真心話的力量反彈，搾出對於活下去的渴望。

因為喜歡麻衣。

因為不想害她像那樣哭成淚人兒。

因為想在她哭泣的時候陪在她身旁……

「對不起，翔子小姐……我……對不起……」

說不出其他的話。咲太應該有更多話想說，卻像是只知道這句話的孩子，盡是重複說著這句話。

「對不起……我想和麻衣小姐一直在一起……今後也……永遠……」

依然顫抖的咲太身體被某種溫暖包覆。翔子的體溫緊緊包覆咲太，像是要保護他不受恐怖的事物襲擊。

「要道歉的人是我喔。」

溫柔的聲音。

「咲太小弟，抱歉讓你做出這麼煎熬的選擇。如果我做得更好，就不用害你受折磨了。」

「這種事……」

「不是你的錯。」

「我……」

「你很努力了。」

「……我！」

「你說得很好。」

「……啊啊，啊啊啊啊啊啊！」

再也說不出任何話語。

「所以，你要和麻衣小姐幸福喔。」

「……嗚嗚，啊啊……啊啊啊啊啊啊！」

想傳達某種想法給翔子。雖然不知道是感謝、是謝罪，抑或是別種情緒，但咲太想傳達某種想法給翔子。

然而，已經沒有任何東西滿溢而出……連淚水都流不出來，咲太只能不斷吐出不成聲的沙啞聲音。

在翔子的原諒之下，得以活下去……

為白雪染色

1

只剩兩天就會追上翔子述說的未來。在這段短短的時間，咲太在心中不斷重複許下唯一的願望。

向早晨的太陽許願。

向白天的藍天許願。

向夜晚的繁星許願。

希望小翔子得救。

七里濱的大海、流經附近的小河、落在沙灘上的貝殼、從裂開的柏油路面探出頭的無名草，都是咲太許願的對象。

請拯救小翔子。

誠心誠意地如此祈求。

因為咲太無法親自治好她。

咲太沒有祈求以外的方法，只能這麼做。

翔子待在這樣的咲太身旁，卻沒有慌張、受驚或恐懼，而是沉穩無比。即使接受咲太「想活下去」的心願，依然帶著調皮的氣息常保微笑陪在咲太身旁。

如果咲太沒出車禍，小翔子就無法立刻接受心臟移植手術。這麼一來，能夠成長為大翔子的未來或許不會來臨。至少在沒能移植咲太心臟的時間點，翔子的未來就會改變……

當然會感到不安吧。即使如此，卻絲毫沒從翔子那裡感受到這種不安。她哼著歌下廚、打掃、洗衣、洗澡，度過這段日子。

這段期間，咲太和翔子說過兩次「早安」、兩次「晚安」。

僅剩的兩天很乾脆地結束了。

當太陽再度東昇，十二月二十四日極為平凡地來臨了。

決定命運的這天早晨，咲太自然清醒，緩緩坐起上半身看向時鐘。早上七點。日期是二十四日，聖誕夜。

咲太打著呵欠走出房間，在洗臉台洗臉漱口。感覺得到客廳有人，咲太露面時，穿著圍裙的翔子將早餐擺在桌上。

「咲太小弟，早安。」

「翔子小姐，早安。」

「好啦，請坐。」

翔子脫下圍裙催促，咲太便聽話就坐。鋪在餐桌上的桌墊是兩人份，早餐也是兩人份。吐司、火腿蛋以及切塊的番茄。

花楓到爺爺奶奶家住，所以不在家。昨天下午，父親開車來接她過去。

「好，我要開動了。」

「我要開動了。」

兩人的聲音重疊。

「睡得好嗎？」

在吐司抹上果醬的翔子問。

「普通……翔子小姐呢？」

「睡得很熟。」

「真了不起。」

「對吧對吧？」

咲太明明在挖苦，對翔子卻不管用。她明知咲太這句話的含意，卻當成正面的稱讚接受。

一如往常的早晨，翔子住進這個家之後大多是這種感覺。直到即將用完餐才出現差異。

「和咲太小弟又喜又羞的同居生活，也要在今天結束了耶。」

這段話打開了咲太的某個開關。

「那個，翔子小姐……」
「如果要道謝，我已經聽很多了喔。」
咲太搖了搖頭。咲太想表達的謝意當然還說不夠，但現在有其他更想說的話語，有更想傳達的心意。
「我……想成為翔子小姐這樣的人。」
「……」
「兩年前，翔子小姐拯救我脫離谷底。我想成為和妳一樣溫柔的人。」
「你可以的。」
「妳不否認自己很溫柔啊。」
「你這麼崇拜我，我覺得要是自己沒自信會很失禮。」
確實是翔子會有的想法，證明她信任自己身邊的人。
「醬油。」
「嗯？」
「請幫我拿。」
翔子以叉子指著醬油瓶，動作有點沒教養。
咲太將手邊的醬油瓶放在翔子面前。

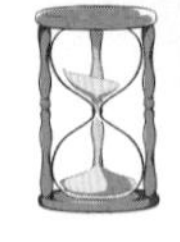

「謝謝。」

「不客氣。」

翔子在蛋黃正中央滴了幾滴醬油，然後一口吃下火腿蛋。塞得滿滿的嘴嚼啊嚼的，幸福的臉上綻放笑容。

「怎麼了？」

「沒事。」

「你不是在笑嗎？」

「因為好笑就笑了。」

大概是喜歡這句回應，翔子也跟著笑了。

這種狀況下聽在他人耳中，應該完全不知道哪裡好笑吧。但對咲太與翔子來說，卻是好笑得不得了。

唯一的遺憾，就是無法一直維持這份和樂。

「咲太小弟，差不多了。」

聖誕夜的今天依然要上學。第二學期最後一天的結業典禮，班會時間會發成績單。

咲太換好制服，翔子一如往常來到玄關送他出門。

咲太穿好鞋子之後轉身。

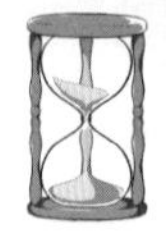

「翔子小姐……」

咲太有話想說。

「路上小心。」

然而，翔子只對他這麼說。

像是看透咲太內心瞬間的躊躇，像在責備咲太寫在臉上的軟弱。翔子輕輕推了他一把。

和往常一樣的笑容。

甜甜的微笑。

從現在這一剎那的小小互動都感受到幸福。翔子以全身傳達這份心意。

能夠回應這份心意的話，咲太只知道一句。

所以，咲太說出這句話。

「我出門了。」

以邁向未來的心態這麼說。一如往常自然說出口以免翔子感到不安……忍著呵欠打開家門。

走出玄關之後，不再回頭。

2

走向車站的行人吐著白煙。

咲太的氣息也染成白色。

昨晚的氣象預報說即使是沿海的最低氣溫也可能出現冰點以下的紀錄，迎接咲太的正是這樣的早晨。氣溫在白天也幾乎沒上升，預測大概會在攝氏五度左右，看來一整天都會很冷。

而且，下午開始有強烈冷氣團來襲，傍晚好像會下雪。播報氣象的大姊姊充滿自信地說晚間幾乎都會下雪，強調「大眾交通工具的班次可能會被打亂，請大家多加注意」。

抬起頭所見的十二月天空是近乎透明的水藍色。如翔子之前所說，入夜後應該會下大雪吧。咲太對此毫不質疑。

走了十分鐘抵達藤澤站，搭乘開往鎌倉的電車，抵達學校所在的七里濱站之前，咲太眺望著窗外熟悉的景色。

剛駛離藤澤站的時候還感受得到鬧區的氣氛，但是停靠下一站的時候，周邊完全是住宅區。隨著電車往前行駛，街景更顯祥和，愈接近江之島站，海邊的氣息就愈明顯。雪白外牆的海洋風格建築物正是最好的代表。

電車繼續前進，鐵軌和周圍建築物的間隔變窄，到了腰越站這段，電車像鑽過兩側民宅的縫隙般緩緩行駛，距離近得就算擦撞到也不奇怪，甚至覺得電車不時會撞到庭院樹木的樹枝。

分心注意這樣的光景時，視野突然變開闊。

面對相模灣的海岸線蜿蜒延伸。眼前是大海、天空與水平線。

這是幾乎每天都會欣賞的景色。咲太如今不會感到驚艷，也沒有這輩子第一次的感動等待著他。即使如此，看起來還是有點特別，因為咲太知道如果沒有預先得知自己會出車禍的未來，今天就是最後一次看到這樣的景色。在大翔子體驗的未來，咲太應該不知道這種事，會以平常心看著這樣的景色吧。應該會打著呵欠欣賞。

咲太想到這裡，打了一個小小的呵欠。

電車抵達七里濱站，峰原高中的學生就擠滿單線道的小小月臺，排著不整齊的隊伍從車站魚貫前往學校。經過短橋，穿越平交道，進入校門。

「今天是不是很冷？」

「有夠冷。」

「真的不妙。」

走在不遠處的一群女生穿著短裙大秀美腿這麼說。將老土視為敵人，將可愛視為正義的女高中生，今天也在和某種敵人奮戰。

咲太不認為這是荒唐事，只是看著看著連他都覺得冷了。

大概是這樣的寒冷成為助力，全校學生聚集在體育館舉行的結業典禮，多虧校長早早致詞完畢，很快就結束了。咲太不記得校長說了什麼，大概是要考生小心不要感冒之類的吧。

回到教室的途中，咲太自然地看向三年級的隊列尋找麻衣的身影，但是沒找到。

這也是當然的，麻衣今天沒來學校。如果之前聽她說的行程沒變更，她應該已經前往東京的攝影棚，拍攝電影未完成的場景。

咲太昨天、前天都沒見到麻衣，也沒說到話，甚至沒聽到她的聲音。雖然在電視上看到，但她這兩天離開藤澤，住在外地工作。

這兩天晚上，咲太打了好幾次電話，卻只轉接到語音信箱，麻衣沒接，至今也沒回電。

咲太認為麻衣在刻意躲避他。

咲太回到教室，班導在班會時間發成績單。當時咲太感覺班導以若有深意的視線看他，但他假裝沒察覺。打開成績單一看就大致知道原因了。所有科目的成績都比第一學期進步一級，班導當然會出現那種反應吧。

「那麼，各位明年見。」

班會以這句話作結，咲太一如往常沒和任何人說話就離開教室。

大概是許多學生依依不捨留在學校，通往車站的路上沒什麼人。

咲太搭乘進站的電車回到藤澤站。

抵達離家最近的車站之後，咲太一度想回家，卻在走幾步路的時候停下腳步，轉向前進。

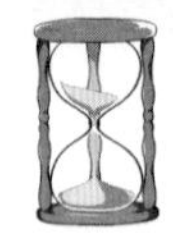

3

咲太繞道前往的地方是小翔子住的醫院。

301號房。

寧靜的病房，聽得到的聲音全部來自房外。

翔子進加護病房至今，私人物品依然放在這裡。

明明殘留著人的氣息，體溫卻消失了。感覺房內的空氣一天天將這個地方留在過去。這大概是錯覺吧。

「……」

咲太坐在圓凳上。小翔子在這裡的時候，咲太每天都坐在這裡，看著她那張拚命的笑容。咲太以為可以一直看著那張笑容，內心某處天真地認為她應該不要緊。

根據很單純，因為至今還沒有任何身邊的人死去。經過「花楓」與「楓」的事件，咲太明明已經知道重要的事物會突然失去，卻沒能對小翔子套用相同的想法。

或許是因為不願去想。

覺。

而且最重要的是，直到陷入真正危險的狀態，翔子都一直隱藏自己的不安，所以咲太沒能察覺。

她以小小的身體不斷努力……或許因為這樣，咲太才得以每天來探視，為她減輕負擔。

大翔子將這個行動說成是咲太的功勞，實際上卻完全不是這麼回事。這一切都來自小翔子的勇氣，咲太只是搭順風車罷了。

「……」

咲太緩緩從圓凳起身。

「我會再過來。」

咲太對無人的病床說完，走出病房。

搭電梯到一樓。

經過販賣部前面時，肚子咕嚕叫了。

既然剛好經過，咲太就買了一份炒麵麵包，坐在沒有人的交誼室長椅上。

剝開保鮮膜，咬下炒麵麵包。Q彈的麵包與Q彈的炒麵，兩種口感都是Q彈，不知道以商品來說是否正確，但咲太對這個味道很滿意。

或許這也將是自己的最後一餐。咲太察覺之後，決定稍微仔細品嚐。但是以不習慣的速度慢慢吃是一件難事，到最後他還是一如往常塞進嘴裡。

吞下最後一口麵包時，白色的人影經過交誼室前面。這個人影立刻回頭。

「找到了，花楓的哥哥。」

對方說著進入交誼室。是之前照顧花楓的護士姊姊。

「我？」

咲太不知道自己被找的原因而詢問，護士姊姊隨即繃緊表情。

「翔子的母親說想讓你見翔子一面。」

「……」

「她知道你每天都到無人的病房探視喔。」

「這樣啊。」

「既然家屬許可，我就可以安排會面。你的意願呢？」

「牧之原小妹想見我嗎？」

以小翔子的個性，或許不想讓咲太見到加護病房裡的自己。這樣的想法在腦中運作。

「她正在睡覺，所以不用擔心喔。」

換句話說，如果徵詢翔子的意見就會和咲太想像的一樣。

「你的意願呢？」

護士姊姊再度詢問相同的問題。這個時候，咲太已經做出結論。其實在第一次提到的時候，他的內心就做了決定。

「我要見她。」

因為咲太認為自己應該知道……必須知道翔子現在的狀況。

「請跟我來。」

咲太被帶到醫院走廊的最深處，穿過兩道冰冷自動門的樸素房間。門上標示「準備室」，非貴重的隨身物品都要放進櫃子保管。外套與制服上衣也要脫掉，換上像是烹飪服的隔離衣，並且強制戴上像是打飯值日生的帽子與口罩。

此外還要仔細洗手，進行消毒程序，接受護士姊姊檢查之後，才終於能夠進入加護病房。

即使如此，照規定只有家屬可以進入病房，他頂多只能隔著玻璃探視。

「翔子在那裡。」

一開始，即使護士姊姊告知，咲太也不知道翔子在哪裡，以為玻璃另一側只有凌亂擺放無數的醫療儀器。

尋覓數秒，視線終於捕捉到翔子。醫療儀器圍著一張床，躺在床上的就是小翔子。

「……」

咲太感覺倒抽一口氣。

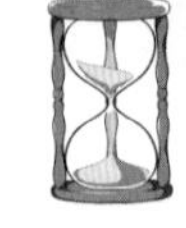

胸口一陣刺痛。

聽得到某種像是幫浦運作的聲音，計算脈搏的電子音不斷響著，某處也傳來空氣外洩般的聲音。咲太理解到這都是為了延續翔子生命而運作的聲音。

這幅光景令人不忍卒睹。如果可以不看就不想看，但咲太沒移開目光，也不想移開。

翔子至今依然努力想要活下去。咲太要將這樣的她烙印在眼底。

「真是了不起。」

終於說出口的是這樣的話語。

「牧之原小妹……現在依然在努力……」

一直在戰鬥，戰鬥至今。對抗疾病，對抗這個世界的不講理，對抗命運。現在也在戰鬥。這是為了自己的未來，為了父母的笑容，也是為了扶持她的人們。

「真的……」

正因如此，在一切結束的時候，咲太想對翔子這麼說。

——妳好努力。

想這樣由衷稱讚翔子。

最適合翔子的話語。

在顫抖。心在顫抖。咲太咬緊牙關，緊握拳頭，克制這股顫抖，強忍湧上眼眶的淚水。

咲太甚至不知道這是什麼淚水。只不過，情感即將滿溢而出。

在翔子面前哭泣很丟臉。咲太做不到這種事，繼續壓抑。

最後，獲准探視的五分鐘草草結束。

「雖然時間很短，不過這是規定，請見諒。」

「是。」

在護士姊姊的催促之下，咲太被帶出加護病房。

咲太在最後一刻轉身確認，但翔子始終沒有醒來。

咲太回到準備室脫下隔離衣，扔掉帽子與口罩，從櫃子取出隨身物品，只道謝幾句就被送回門診大樓。

接下來這段時間做了什麼，咲太幾乎不記得了。

感覺似乎在想事情，卻想不起來當時在想什麼事。

直到醫院走廊開了燈才忽然回神。

咲太坐在設置自動販賣機的休息區長椅上。

抬頭一看，窗外已經入夜。

咲太連忙想確認時間，發現掛在大柱子上的時鐘。

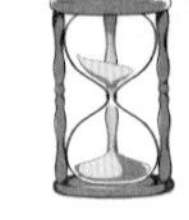

下午五點多。仔細一看，戶外並不是完全漆黑。雖然因為多雲所以看起來昏暗，但天空勉強算是微亮。

就算這麼說，咲太想事情的這段時間也超過三小時了。

已經沒有躊躇的時間，咲太靜靜起身。

踏出的雙腳前往自動販賣機旁邊的公用電話。咲太從錢包取出所有能用的零錢，拿起話筒接連投幣，手指伸向撥號鍵。

平常總是以愉快的心情撥打的十一個號碼，咲太這次以顫抖的指尖逐一按下。

按下最後一個號碼時，將話筒抵在耳際。

鈴聲響起。一聲，兩聲，三聲……咲太細數著。

響完第五聲時，電話接通了。咲太昨天與前天打了好幾次電話，所以認為這時候接通應該是進入語音信箱。

不久，制式通知傳入耳中。『請在嘟聲後開始留言』的語音。

「是我。我是咲太。」

周邊悄然無聲的醫院走廊微微響起咲太的聲音。

「……」

然而，咲太說不下去。明明在想打電話的時候就決定好要說什麼，現在卻說不出任何話。

不，或許一開始就沒什麼想說的話。到了這個節骨眼，咲太只是想聽麻衣的聲音。咲太願意相信自己是這麼想的。

「我真的好喜歡麻衣小姐耶。」

自嘲的呢喃。說到一半，話筒傳來「嘟」的聲音，像是線路轉接的雜訊。接下來立刻證明咲太的理解是對的。

『咲太？』

傳來麻衣的聲音。

「麻衣小姐。」

『……』

「……」

『昨天啊……』

「嗯？」

『我作了一個夢。』

「……夢？」

咲太不知道麻衣要說什麼樣的話題。她的語氣聽起來像是朝著遠方某處說話，猜不出她在想什麼。

『對，夢……』

「怎樣的夢？」

『和你去新年參拜的夢。』

「……」

『明明是夢，卻避開人潮，在寒假最後一天才去。』

「真有原則的夢。」

『是啊。』

「麻衣小姐許了什麼願？」

『你大發豪語說你對神明宣稱要讓我幸福。』

「這確實很像我的作風。」

『真的，居然在夢裡也說謊，真像你的作風。』

麻衣的聲音透露些許笑意。

『不過啊，咲太……』

「嗯？」

『我喜歡這樣的你。』

「……」

咲太就這樣說不出任何話，做不出任何回應，只是聆聽話筒另一頭傳來的聲音。集中注意力，甚至不聽漏麻衣的呼吸聲。

『所以，我才不會忘記你。』

「……」

『我要和你一起活下去。』

「麻衣小姐，我……」

咲太也不知道自己想說什麼。電話就這麼在他不知如何是好的狀況下突然中斷。不是麻衣那邊收訊不良，是咲太這邊餘額不足。

「……」

零錢用光了。在自動販賣機買個飲料就能找開，但咲太不想刻意這麼做。

沒時間繼續說下去。要是一直聽麻衣的聲音，天秤應該會朝那邊傾斜吧。這樣會像是將責任推到麻衣身上。

非得由咲太決定才行。

這兩個願望對咲太來說，都是出自真心的願望。

希望翔子得救。

不想害麻衣哭泣。

既然駐足思考也得不出答案，唯一的方法就是踏出腳步。

前往和麻衣說好的約會會合地點就好。

江之島附近的水族館。

愈接近那一瞬間，多餘的東西應該就會削得愈乾淨，暴露內心真正的想法。

正因為是如此重大的決定，所以咲太如此相信，踏出腳步。

朝著前方踏出腳步。

4

藤澤站周邊以百貨公司與車站大樓的燈飾光輝點綴，展現聖誕節當天應有的熱鬧景象。

離開醫院就開始下的雪也愈來愈大，為聖夜營造神祕的氣氛。許多情侶被燈飾吸引而停下腳步，站前比平常還要擁擠。

咲太即使覺得這樣的光景很耀眼，內心依然平靜得不可思議。

和情侶們擦身而過，前往小田急線的驗票閘口。以ＩＣ卡感應進入月臺之後，拍掉頭上與肩膀上的積雪，搭乘開往片瀨江之島的普通電車。

考量到約定的時間，一無所知的咲太想必也是搭乘這班電車吧。

等待數分鐘之後，發車時間到了。鈴聲響起，車門關閉，電車隨即緩緩起步。

有空位，但咲太沒坐。

咲太站在車門旁，不經意看向車內。情侶很顯眼。既然是這種日子也在所難免，目的地應該和咲太一樣吧。不知道是去看江之島的海燭，還是去水族館看水母燈光秀，或許兩者皆是。

電車途中停靠本鵠沼、鵠沼海岸兩站，沒受到下雪的影響，從藤澤站出發之後不到十分鐘就將咲太載到片瀨江之島站。

車門發出聲響緩緩開啟之後，咲太來到白雪紛飛的月臺。

咲太配合其他乘客一起移動，依序通過驗票閘口，看見感應的ＩＣ卡餘額顯示六十二圓，不夠付回程電車的車資。

咲太繞道前往售票機，插入ＩＣ卡，從錢包取出一張千圓鈔票儲值。

或許已經不需要在意回程的事了，但如果是不知道未來的咲太，察覺餘額不足的時候應該會儲值吧。既然不知道心態會如何改變，就必須做好遇到車禍的準備。

儲值完畢，售票機吐出ＩＣ卡。咲太將卡片收進錢包，然後往南走。大海所在的方向。和麻衣約好會合的水族館宛如沿著海岸線矗立。

咲太在積了薄薄一層雪的地面踩穩腳步，放空內心前進。一邊專心注意腳底別打滑，一邊走

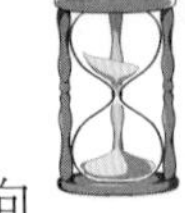

向水族館。

一步又一步，以一如往常的步調前進，很快就走到沿海延伸的134號國道。看向右方，就可以看見要去的水族館。再來只要穿越眼前的大馬路就好。

綠燈開始忽明忽滅。看到這個光景的咲太心臟突然跳到生痛，心跳成為震動傳遍全身。

咲太的大腦下令身體過馬路。

134號國道的車流量大，紅燈之後綠燈遲遲不會亮起，所以能過馬路的時候就要用跑的過去，這堪稱是已經植入身體的習慣。

「……」

然而，本應踏出去的腳完全沒前進，如同被縫在柏油路面上緊貼不動。咲太只能目送最後快跑穿越馬路的一對情侶的背影。

綠燈閃爍之後，切換為紅燈。最後快跑的情侶也順利抵達靠海的那一邊。大概是笑彼此跑幾步路就在喘，走向水族館的兩人看起來好開心。

等紅燈的車陣依序起步，看不見剛才兩人的身影了。咲太不經意追著開往七里濱方向的車尾燈。他在監視是否有車子肇事，但是沒看到打滑出意外的車子。

背上冒出奇妙的汗水。如果會發生車禍，咲太認為在這裡的可能性最高。因為這附近的人行道鋪得又平又寬，只要過了馬路到靠海的那一邊，應該就不用擔心被打滑的車子撞到。

咲太無法從依序起步的車陣移開目光。然而即使等再久，也沒有車子發生打滑意外。

既然這樣，應該是在下次綠燈亮起的時候吧。

「……呼～～」

咲太聽著自己的吐氣聲，察覺自己鬆了口氣。只是他也不知道自己是為了什麼鬆一口氣。因為自己活下來了？因為還沒逃離出車禍的時間點？還是兩者皆是……兩者皆否？

咲太就這麼不明就裡，目不轉睛地看著紅綠燈。得在下一個綠燈過馬路，不然恐怕趕不及約定會合的六點。這裡的紅燈就是要等這麼久。

咲太確認未來的自己沒能抵達的水族館。從距離來看，全力衝刺應該幾十秒就能到。然而如果以那裡為目標，咲太就無法抵達終點，因為會被打滑的車子殃及……

咲太下意識地深深吐出一口氣，然後只做一次深呼吸，像是要掩飾內心還沒得出明確答案的不安。

然後，他再度看向紅綠燈。

現在是綠燈。

在吐出白煙變得有些模糊的視野中，綠燈亮了。

在寒空底下等待許久的行人同時踏出腳步，從站在正中央的咲太兩旁經過。

對向也有許多行人走過來，往對面移動的兩股人潮複雜地混合。

咲太的腳沒動。

不是因為恐懼而躊躇，也不是因為身體選擇活下去。原因是在視野左側感覺到比紅綠燈還明亮的光。

如同浮在海面的江之島。

像是燈塔一般突出的「海燭」輝煌燦爛，迎接聖誕佳節到來。受到吸引的咲太錯失踏出腳步的時機。

「海燭」下方應該聚集了許多情侶，一邊稱讚「好漂亮」，一邊以特別的方式度過這個特別的日子。

咲太想起來了。自己或許也有過這樣的未來。

——聖誕夜，請和我一起去看江之島的燈飾。

大翔子單方面告知的約定。

「……」

正因為想起這個約定，咲太基於某種意志停下腳步。

小小的突兀感卡在胸口。

雖然不知道它是從何時位於該處，但是一旦察覺到它的存在，它就會逐漸膨脹增大。

如果那一天……參觀婚禮會場的那一天，大翔子沒邀咲太在聖誕夜約會，將會變得如何？

咲太與麻衣的約會將會變得如何……

——要不要去看江之島的燈飾？

一開始，麻衣講這句話邀咲太約會。

因為和大翔子約定的地點相同，所以咲太將地點改為水族館。隨便編藉口說自己喜歡和麻衣一起看水母，變更會合的地點……

「……」

咲太後知後覺地理解了。

這份理解使得心跳加速，全身從內心開始發抖。

咲太一直在想一個問題。

為什麼翔子能夠保持那麼滿足的笑容？

向咲太說明真相時也是。

咲太許下「想活下去」的心願時也是。

為什麼連今天早上，翔子都能那麼心平氣和？

察覺之後就發現那是理所當然。

翔子已經完成該做的事了。

拯救咲太。

為了達成這個單純的目的，翔子完成所有該做的事了。

——十二月二十四日晚上六點，我在弁天橋橋頭的龍形燈籠前面等。

這個約定就是一切。

翔子說過她在最後想要一個回憶，但那是隱瞞真正理由的藉口。或許這也是真心話，她卻連這份真心都拿來當成藉口。

為了避免咲太接近車禍現場。

翔子為此邀咲太約會，指定那裡為會合地點，告知時間。

她知道這麼一來，咲太那天就絕對不會去那裡。她相信咲太會選擇麻衣，相信咲太應該不會赴她的約……

即使咲太選擇了會遭遇車禍的未來，也已經完全沒關係了。因為咲太前往水族館和麻衣會合的路上不會發生車禍……因為車禍發生在別的地方……

「這是怎樣……」

顫抖從腳底直竄而上。有如波浪的這股顫抖一鼓作氣捲到腦海深處，耳中不得安寧。

原來都是這麼回事。

——到了聖誕節結束那時候會好好解決。

這句話也是。

——如果我做得更好，就不用害你受折磨了。

這句話也是。

——路上小心。

帶著笑容說的這句話也是。

翔子本應隱藏在心底的情感滿溢而出。

「亂來……」

情感如囈語般滲出。

真的是亂來。

為什麼如此為他人著想？如此為咲太著想？

「翔子小姐……根本亂來……」

咲太的腳離開地面。還沒思考，身體就採取行動。

咲太全力奔跑，甚至不在意積雪打滑。

或許已經來不及了。

或許用跑的就來得及。

因為不知道，所以他全力奔跑。

呼出白煙。

冰冷的空氣刺痛鼻腔，也刺痛肺臟。

即使如此，咲太依然一直跑向看得見卻有點遠的江之島。

趕往翔子應該在等他的弁天橋。

快到約定的下午六點了。

恐怕只剩下一分鐘或兩分鐘。

——咲太小弟前往約定地點要和麻衣小姐約會的途中……被車子打滑的車禍牽連。

如果翔子當時這番話可信，這一兩分鐘將會決定命運。

「呼……呼……」

咲太全力穿過白雪紛飛的片瀨橋。只要渡過這座橋，弁天橋就在眼前。然而境川的河面很寬，這一小段距離有點遠。

咲太氣喘吁吁，還差點撞到人。「不好意思！」咲太一邊道歉一邊奔跑，不顧一切奔跑。

不能就這樣結束。

絕對不可以這樣結束。

再也不要單方面得救了。

咲太擠盡氣力，總之一直跑下去。

跑過境川了。

道路對側就是弁天橋的入口。

即使是翔子指定的入口處龍形燈籠也近得只要在白天就看得見。

如今擋路的只有134號國道。這裡沒紅綠燈，所以不能直接過馬路。

行人用的通道是地下道。

咲太察覺自己跑過頭，地下道的入口在後面。

他連忙掉頭。

就在這個時候，位於人行道的咲太後方傳來喇叭聲。這股氣息正在接近。

「！」

咲太一個轉身，看見一輛車朝側邊滑行。

黑色廂型車。

在雪地完全打滑。

筆直衝向咲太。

「咲太小弟！」

某人的尖叫聲。

咲太反射性地尋找聲音來源，發現翔子位於道路對側。她的雙眼詢問「為什麼」而濕潤。

咲太和她四目相對，露出放鬆的笑容。

黑色物體擋在眼前。打滑的黑色廂型車遮蔽咲太與翔子的視野。

要撞上了。

咲太如此自覺的瞬間……

「咲太！」

他彷彿聽到這個熟悉的聲音。

身體被柔軟的物體撞飛。

緊接著，咲太背後傳來低沉的碰撞聲。

咲太回神時，發現自己趴倒在柏油路上。按在雪地上的手好冰，還擦傷流血了。這份痛楚與冰冷使得咲太取回自我，理解到自己還活著。因為活著所以會痛，會冷。

究竟發生了什麼事？

為什麼自己沒事？

疑問占據大腦。

他緩緩起身。

感覺聽到數個像是倒抽一口氣的哀號。其他行人駐足的氣息籠罩周圍。

位於中心的是咲太、肇事的車輛，以及另一人。

首先映入咲太眼簾的，是撞倒道路標誌桿停下來的黑色廂型車。響個不停的喇叭聲終於也傳入咲太耳中。

某人倒在車子旁邊。路燈的光芒有如聚光燈，打在倒地的某人身上。

「……」

咲太的嘴下意識地動了。然而他發不出任何聲音。

地面積了薄薄的一層雪。

麻衣的鮮血逐漸將這塊冰冷的白色地毯染成鮮紅。

逐漸染色……

待續

「我希望
咲太選擇
與我的未來。」

為了改變糟透了的劇本，
咲太將挺身對抗命運。

讓麻衣小姐重拾笑容的系列第七集

《青春豬頭少年
不會夢到初戀美少女》

精彩內容 敬請期待

Kadokawa Light Novels

我的腦內戀礙選項 1~11 待續

作者：春日部タケル　插畫：ユキヲ

甘草奏終於向心上人告白邁向現充生活
操縱戀愛的「神」卻惡意改變了一切！！

甘草奏終於看清自己的心，擊碎絕對選項。接著他將對所愛之人告白——想得美！「天上」的「神」才沒那麼容易讓你心想事成咧！不過有風聲說，這集是香豔刺激的泳裝約會篇耶。總之請準備為那個人超刺激（笑）的●●扮相刮目相看吧！

各 **NT$180~220/HK$50~68**

©Sho Azumano 2015

Kadokawa Light Novels

春日坂高中漫畫研究社 1~3 待續

作者：あずまの章　插畫：ヤマコ

──妳一直覺得不可能有人喜歡上妳嗎？
三角戀愛關係大爆發的第三集！

隸屬於漫研社的里穗子，莫名被現充男生們耍得團團轉，寧靜的漫研生活現正受到干擾中。季節進入秋天，運動會、文化祭等孕育愛苗的活動相當豐富！里穗子對戀愛毫無興趣，但岩迫同學卻無視她的心情，終於展開行動！連神谷也跑來攪局……？

各 **NT$180/HK$55**

台灣角川

Kadokawa Light Novels

我們就愛肉麻放閃耍甜蜜 1~3（完）

作者：風見周　插畫：高品有桂

甜蜜蜜黏答答的時代已經來臨！
加倍肉麻青春愛情喜劇登場！

每天都過著肉麻甜蜜生活的我們，這次碰上了獅堂吹雪的曾祖母冰雨女士。她的外表看來就是一名國中生，個性自由奔放。她的一個提議讓我、獅堂、佐寺同學和六連兄被捲入肉麻甜蜜（？）的風暴之中，我和獅堂以及愛火三人的關係也隨之慢慢改變——

台灣角川

各 NT$180/HK$50~55

國家圖書館出版品預行編目資料

青春豬頭少年不會夢到懷夢美少女 / 鴨志田一作 ; 哈泥蛙譯 . -- 初版 . -- 臺北市 : 臺灣角川 , 2017.02
面 ;　公分

譯自 : 青春ブタ野郎はゆめみる少女の夢を見ない
ISBN 978-986-473-527-3(平裝)

861.57　　105025086

青春豬頭少年不會夢到懷夢美少女

（原著名：青春ブタ野郎はゆめみる少女の夢を見ない）

2017年2月27日 初版第1刷發行
2024年8月16日 初版第15刷發行

作　　者：鴨志田一
插　　畫：溝口ケージ
日版設計：木村デザイン・ラボ
譯　　者：哈泥蛙

發 行 人：台灣角川股份有限公司
總 監：呂慧君
總 編 輯：蔡佩芬
主　　編：林秀儒
編　　輯：孫千棻
設計指導：陳晞叡
美術設計：吳佳昫
印　　務：李明修（主任）、張加恩（主任）、張凱棋、潘尚琪

發 行 所：台灣角川股份有限公司
地　　址：104台北市中山區松江路223號3樓
電　　話：（02）2515-3000
傳　　真：（02）2515-0033
網　　址：www.kadokawa.com.tw
劃撥帳戶：台灣角川股份有限公司
劃撥帳號：19487412
法律顧問：有澤法律事務所
製　　版：尚騰印刷事業有限公司
ISBN：978-986-473-527-3
